O GRANDE GATSBY

Título original: The Great Gatsby
Copyright © Editora Lafonte Ltda. 2021

Todos os direitos reservados.
Nenhuma parte deste livro pode ser reproduzida sob quaisquer meios existentes sem autorização por escrito dos editores.

Direção Editorial	**Ethel Santaella**
Tradução	**Débora Ginza**
Revisão	**D. Camargo**
Diagramação	**Demetrios Cardozo**
Texto de capa	**Dida Bessana**
Imagem de Capa	**Angela Cini / Shutterstock**

Dados Internacionais de Catalogação na Publicação (CIP)
(Câmara Brasileira do Livro, SP, Brasil)

```
Fitzgerald, F. Scott, 1896-1940
   O grande Gatsby / F. Scott Fitzgerald ; tradução
Débora Ginza. -- São Paulo : Lafonte, 2021.

   Título original: The great Gatsby
   ISBN 978-65-5870-087-6

   1. Ficção norte-americana I. Título.

21-63767                                      CDD-813
```

Índices para catálogo sistemático:

1. Ficção : Literatura norte-americana   813

Cibele Maria Dias - Bibliotecária - CRB-8/9427

Editora Lafonte

Av. Profª Ida Kolb, 551, Casa Verde, CEP 02518-000, São Paulo-SP, Brasil - Tel.: (+55) 11 3855-2100
Atendimento ao leitor (+55) 11 3855-2216 / 11 – 3855-2213 – atendimento@editoralafonte.com.br
Venda de livros avulsos (+55) 11 3855-2216 – vendas@editoralafonte.com.br
Venda de livros no atacado (+55) 11 3855-2275 – atacado@escala.com.br

F. SCOTT FITZGERALD

O Grande Gatsby

tradução
Débora Ginza

Lafonte

Brasil * 2021

ÍNDICE

CAPÍTULO I ———————————————— 09

CAPÍTULO II ———————————————— 33

CAPÍTULO III ———————————————— 51

CAPÍTULO IV ———————————————— 75

CAPÍTULO V ———————————————— 97

CAPÍTULO VI ———————————————— 115

CAPÍTULO VII ———————————————— 131

CAPÍTULO VIII ———————————————— 167

CAPÍTULO IX ———————————————— 185

Mais uma vez para Zelda

"Então use o chapéu dourado, se isso a comover;
Se você for capaz de pular alto, pule para ela também,
Até que ela grite 'Amante do chapéu dourado,
amante saltitante. Preciso ter você!'"

Thomas Parke d'Invilliers

CAPÍTULO I

Quando eu era mais jovem e mais vulnerável, meu pai me deu um conselho que constantemente volta à minha mente desde então.

Ele me disse: – Sempre que você sentir vontade de criticar alguém, lembre-se de que nem todas as pessoas do mundo tiveram as vantagens que você teve.

Ele não disse mais nada sobre esse assunto, embora tivéssemos uma excelente comunicação, porém de forma reservada, e compreendi mais tarde que suas palavras tinham um significado muito maior. Consequentemente, tenho a tendência de manter meus julgamentos reservados e esse hábito me revelou muitas naturezas interessantes e também me transformou em vítima de algumas pessoas experientes em aborrecer os outros. A mente anormal é rápida para detectar e se apegar a essa qualidade quando ela aparece em uma pessoa normal, e então o que acontecia é que na faculdade eu era injustamente acusado de agir como um político, porque estava a par das mágoas secretas de homens desconhecidos. A maior parte das confidências era espontânea e eu frequentemente fingia estar com sono, preocupado com algo ou assumia uma ironia hostil ao perceber, por meio de sinais inconfundíveis, que uma revelação íntima apontava no horizonte, considerando que as revelações íntimas de jovens, ou pelo menos os termos em que eles as expressam, são geralmente trechos copiados e marcados por supressões óbvias. Abster-se de fazer julgamentos é uma questão de esperança infinita. Ainda tenho um pouco de medo de perder alguma coisa se esquecer do que meu pai sugeriu de forma pretensiosa, e eu repito, também com pretensão, que um senso fundamental de decência e dignidade é distribuído de forma desigual aos homens no momento do nascimento.

E, depois de me gabar desse modo da minha tolerância, devo admitir que ela tem um limite. A conduta de uma pessoa pode ser baseada na rocha sólida ou no pântano úmido, mas depois de certo ponto não me importo mais no que ela se baseia. Quando voltei do Leste no outono passado, senti que queria que o mundo estivesse sempre uniformizado e permanecesse em uma espécie de atenção moral; não queria mais divagações tumultuadas com vislumbres privilegiados do coração humano. Apenas Gatsby, o homem que emprestou seu nome a este livro, ficou isento de minha reação.... sim, Gatsby, que representava tudo aquilo que eu sinceramente desprezava. Se a personalidade é uma série ininterrupta de atitudes bem-sucedidas, então havia algo lindo nele, um tipo de sensibilidade elevada para as promessas da vida, como se ele estivesse conectado a uma daquelas máquinas complexas que registram terremotos a quinze mil quilômetros de distância. Essa capacidade de reação nada tinha a ver com aquela sensibilidade inconstante que é dignificada com o nome de "temperamento criativo" – era um dom extraordinário para a esperança, uma prontidão romântica como nunca encontrei em nenhuma outra pessoa e provavelmente nunca mais encontrarei. Não – Gatsby ficou bem no final; o que perturbava Gatsby, aquela poeira imunda que flutuava na esteira de seus sonhos, foi o que temporariamente eliminou meu interesse nos sofrimentos inúteis e na felicidade curta dos homens.

Minha família descendia de pessoas importantes e ricas de

uma cidade do Centro-Oeste há três gerações. Os Carraways formam uma espécie de clã, e temos uma tradição de que descendemos dos duques de Buccleuch, mas o verdadeiro fundador da minha linhagem foi o irmão do meu avô, que veio para cá em 1851, enviou um substituto para lutar em seu lugar na Guerra Civil e fundou a empresa atacadista de ferragens que meu pai administra até hoje.

Eu nunca conheci esse tio-avô, mas dizem que sou parecido com ele, principalmente tomando como referência um retrato rústico pendurado no escritório do meu pai. Formei-me na Universidade de New Haven em 1915, apenas um quarto de século depois de meu pai, e um pouco depois participei daquela migração teutônica retardada conhecida como a Grande Guerra. Gostei tanto dos contra-ataques que voltei inquieto. Em vez de ser o centro caloroso do mundo, o Centro-Oeste agora parecia a borda esfarrapada do universo – então decidi ir para o Leste e aprender sobre o mercado de ações. Todo mundo que eu conhecia estava trabalhando com o mercado de ações, então achei que o negócio poderia sustentar mais um jovem solteiro. Todas as minhas tias e tios conversaram sobre isso como se estivessem escolhendo uma escola preparatória para mim e, por fim, disseram: – Ora, sim – com semblantes muito sérios e hesitantes. Meu pai concordou em financiar-me por um ano e, depois de vários atrasos, vim para o Leste, na primavera de 1922, acreditando que era uma mudança permanente.

A coisa prática a se fazer era encontrar acomodações na cidade, mas era uma estação muito quente, e eu tinha acabado de deixar uma região de amplos gramados e árvores amigáveis, então, quando um jovem no escritório sugeriu que alugássemos uma casa juntos em uma cidade dormitório, pareceu-me uma ótima ideia. Ele encontrou a casa, um bangalô de madeira castigado pelo tempo ao preço de 80 dólares por mês, mas no último minuto a firma o mandou para Washington e fui sozinho para o campo. Eu tinha um cachorro, pelo menos tive por alguns dias até que ele fugiu, um velho Dodge e uma faxineira finlandesa, que fazia minha cama, preparava o café da manhã e murmurava antigos provérbios em finlandês para si mesma enquanto estava no fogão elétrico.

Eu me senti sozinho por um ou dois dias, até que um dia de manhã um homem, que havia acabado de chegar, me parou na estrada e perguntou:

— Como é que chego à vila de West Egg? — perguntou desamparado.

Indiquei o caminho a ele. E, enquanto eu caminhava, não me senti mais sozinho. Agora eu era um guia, um pioneiro, um autêntico colonizador. Ele casualmente achou que eu conhecia bem o bairro e começou a andar pela vizinhança com a maior liberdade.

E assim, com o sol brilhando e as grandes folhas brotando nas árvores, da mesma forma como as coisas se movimentam naqueles filmes acelerados, senti aquela convicção familiar de que a vida estava recomeçando com o verão.

Para começo de conversa, havia muita coisa para ler e o ar novo e saudável transmitia boa saúde. Comprei uma dúzia de volumes sobre operações bancárias, crédito e investimento em ações, e eles estavam na minha prateleira em vermelho e dourado como dinheiro novo emitido na Casa da Moeda, prometendo-me desvendar os segredos brilhantes que apenas Midas, Morgan e Mecenas[1] co-

---

1   Midas foi um rei na região da Turquia que tinha o dom de transformar em ouro tudo que tocasse. John Pierpont Morgan (1837-1913) foi um financista americano, fundador do J.P. Morgan; e Caius Clivius Mecenas (70/65 a.C.) foi ministro do imperador Augusto, extremamente rico, protetor dos artistas e literatos.

nheciam. E eu tinha a melhor das intenções de ler muitos outros livros além desses. Eu era bastante ligado à literatura quando estava na universidade. Houve um ano em que escrevi uma série de editoriais muito solenes e óbvios para o Yale News. Agora pretendia trazer de volta todas essas coisas para minha vida e me tornar novamente o mais limitado de todos os especialistas, o "homem bem-informado". Este não é apenas um epigrama, afinal, a vida é muito mais bem-sucedida quando observada de uma única janela.

Foi por acaso que aluguei uma casa em uma das comunidades mais estranhas da América do Norte. Foi naquela ilha estreita e barulhenta que se estende a leste de Nova York e onde existem, entre outras curiosidades naturais, duas formações de terra incomuns. A trinta quilômetros da cidade, um par de ovos enormes, idênticos em contorno e separados apenas por uma baía estreita, projeta-se no corpo de água salgada mais calmo do hemisfério ocidental, o grande caminho úmido do Estuário de Long Island. Eles não são perfeitamente ovais, como o ovo na história de Colombo, ambos são achatados nas extremidades de contato com a base, mas sua semelhança física deve ser uma fonte de perpétua maravilha para as gaivotas que voam acima deles. Para nós, que não temos asas, um fenômeno mais interessante é sua falta de semelhança em todos os aspectos, exceto na forma e no tamanho.

Eu morava em West Egg, bem.... o lado que estava menos na moda naquela época, embora esse seja um rótulo muito superficial para expressar o contraste bizarro e não um pouco sinistro entre eles. Minha casa ficava bem na ponta do ovo, a apenas cinquenta metros do Estuário, apertada entre duas mansões enormes que eram alugadas por doze ou quinze mil dólares por temporada. A casa à minha direita era uma construção colossal qualquer que fosse o padrão considerado; era uma imitação bem real de algum Hôtel de Ville na Normandia, com uma torre em um dos lados, novinha em folha sob uma fina barba de hera que havia crescido ali, uma piscina de mármore e mais de dezesseis hectares de gramado e jardins. Era a mansão de Gatsby. Ou melhor, como eu ainda não conhecia o sr. Gatsby, era uma mansão habitada por um senhor com esse nome. Minha própria casa era uma monstruosidade, mas era uma monstruosidade pequena, e não chamava a atenção, mas eu tinha uma vista para o mar, uma visão parcial do gramado do meu vizinho e a proximidade consoladora de milionários – tudo por oitenta dólares por mês.

Do outro lado da pequena enseada, os palácios brancos da elegante East Egg cintilavam ao longo da água, e a história do verão realmente começa na noite em que dirigi até lá para jantar com o Tom Buchanan. Daisy era minha prima em segundo ou terceiro grau, e eu havia conhecido Tom na faculdade. E, logo depois da guerra, eu havia passado dois dias com eles em Chicago.

O marido de Daisy, entre várias proezas físicas, tinha sido um dos melhores jogadores de futebol da Universidade de New Haven. Era uma figura nacional de certa forma, um daqueles homens que alcançam um grau de excelência tão elevado aos 21 anos que tudo que vem depois tem sabor de anticlímax. Sua família era extremamente rica; mesmo na universidade, sua liberalidade com o dinheiro era motivo de reprovação. Mas agora ele havia deixado Chicago e vindo para o Leste de uma forma que era de tirar o fôlego. Por exemplo, ele havia trazido de Lake Forest uma tropa de pôneis para jogar polo. Era difícil entender que um homem da minha própria geração era rico o suficiente para fazer isso.

Eu desconhecia o motivo pelo qual eles vieram para a Costa

Leste. Haviam passado um ano na França sem nenhum motivo específico e depois vagavam de um lado para o outro, inquietos, onde quer que as pessoas jogassem polo e fossem ricas. Porém, Daisy disse ao telefone que essa era uma mudança permanente, mas não acreditei. Não conseguia ver o íntimo do coração de Daisy, mas sentia que Tom iria ficar à deriva, sempre buscando, com certa melancolia, a tensão dramática de algum jogo de futebol que não poderia ser recuperada.

E então aconteceu que, em uma noite quente e ventosa, dirigi até East Egg para visitar dois velhos amigos que eu mal conhecia. A casa deles era ainda mais imponente do que eu esperava, uma mansão colonial georgiana em tons alegres vermelho e branco, com vista para a baía. O gramado começava na praia e corria em direção à porta da frente por quatrocentos metros, intercalado com relógios de sol, muros de tijolos e jardins resplandecentes. Finalmente, quando chegava à casa, dividia-se nas laterais em trepadeiras brilhantes como se tivesse chegado ao fim de sua corrida. A frente da casa era preenchida por uma fileira de janelas francesas que brilhavam como ouro ao reflexo do sol e ficavam totalmente abertas para receber a brisa da tarde quente e ventosa. Tom Buchanan vestia roupas de montaria e estava parado com as pernas abertas na varanda da frente.

Ele tinha mudado desde os tempos da Universidade em New Haven. Agora ele era um homem robusto de trinta anos, cabelos cor de palha, uma boca com expressão bastante dura e modos dominantes. Dois olhos brilhantes e arrogantes marcavam seu rosto e lhe davam a aparência de sempre estar pronto para agredir. Nem mesmo o estilo efeminado de suas roupas de equitação podia esconder a enorme força daquele corpo. Ele parecia encher aquelas botas reluzentes até esticar os laços superiores, e era possível ver uma grande massa de músculos se mexendo quando seus ombros se moviam sob o casaco fino. Era um corpo capaz de enormes esforços físicos – um corpo cheio de crueldade.

Sua voz tinha um tom tenor áspero e rouco que aumentava a impressão de irritabilidade que ele transmitia. Havia um toque de desprezo paternal nela, mesmo em relação às pessoas de quem gostava, e houve homens em New Haven que o odiavam por sua coragem.

– Ora, não pense que minha opinião sobre essas questões é definitiva – ele parecia dizer – só porque sou mais forte e mais homem do que você.

Fazíamos parte da mesma sociedade acadêmica e, embora nunca tenhamos sido íntimos, sempre tive a impressão de que ele me aprovava e queria, de seu modo áspero e desafiador, que eu gostasse dele.

Conversamos alguns minutos na varanda ensolarada.

– Tenho uma bela propriedade aqui – disse ele com um brilho nos olhos inquietos.

Com um de seus braços, ele fez com que me virasse e movimentou sua mão larga e achatada para mostrar toda a vista da frente da casa, incluindo em sua extensão um jardim em estilo italiano submerso, dois mil metros de rosas com aroma profundo e pungente e um barco a motor de proa arredondada que balançava com a maré na praia.

– Pertencia a Demaine, o homem do petróleo. – Ele me fez virar de novo, educadamente, mas com pressa. – Vamos entrar.

Caminhamos por um corredor de teto alto até um espaço de cor rosada brilhante, fragilmente ligado à casa por meio de janelas francesas em ambas as extremidades. As janelas estavam entreabertas e brilhavam brancas em contraste com a grama fresca lá fora que parecia entrar um pouco para dentro da casa. Uma brisa soprava pela sala, balançando as cortinas como se fossem pálidas bandeiras e fazendo-as subir retorcidas em direção ao teto que parecia um bolo de casamento congelado; em seguida, elas caíam onduladas fazendo sombras sobre o tapete cor de vinho, assim como o vento faz no mar.

O único objeto completamente imóvel na sala era um sofá enorme no qual duas jovens estavam flutuando como se estivessem em um balão ancorado. As duas estavam usando branco e seus vestidos balançavam e esvoaçavam como se elas tivessem acabado de ser trazidas de volta depois de um curto voo ao redor da casa. Devo ter ficado parado em pé por alguns instantes ouvindo o som das cortinas ao vento e o gemido de um quadro pendurado na parede. Então houve um estrondo quando Tom Buchanan fechou as janelas da parte de trás e o vento forte perdeu sua força ao redor da sala, nas cortinas, nos tapetes e as duas jovens pousaram lentamente no chão.

A mais jovem das mulheres era desconhecida para mim. Ela estava toda estendida na ponta do divã, completamente imóvel, e com o queixo um pouco levantado, como se equilibrasse algo que provavelmente cairia. Se ela havia me visto com o canto dos olhos, não deu a mínima para isso – na verdade, quase fiquei surpreso ao murmurar um pedido de desculpas por tê-la incomodado ao entrar.

A outra garota, Daisy, tentou levantar-se... inclinou-se ligeiramente para frente com uma expressão acanhada e então riu, uma risadinha encantadora e absurda, e eu ri também e continuei avançando pela sala.

– Estou paralisada de felicidade.

Ela riu novamente, como se estivesse dizendo algo muito espirituoso, e segurou minha mão por um momento, olhando para o meu rosto como se não houvesse ninguém mais no mundo que ela quisesse tanto ver. Esse era o jeito dela. Ela me informou em um murmúrio que o sobrenome da garota que estava se equilibrando era Baker. (Diziam que o murmúrio de Daisy era apenas para fazer as pessoas se inclinarem em sua direção; uma crítica irrelevante que não a tornava menos charmosa.)

De qualquer forma, os lábios da srta. Baker se moveram e ela fez um aceno quase imperceptível para mim; em seguida, inclinou rapidamente a cabeça para trás de novo. O objeto que ela estava equilibrando obviamente cambaleou um pouco e ela levou um pequeno susto. Mais uma vez, uma espécie de pedido de desculpas surgiu em meus lábios. Quase toda exibição de total autossuficiência produz em mim uma sensação espantosa.

Olhei de volta para minha prima, que começou a me fazer perguntas com sua voz baixa e emocionante. Era o tipo de voz que o ouvido acompanha para cima e para baixo, como se cada discurso fosse um arranjo de notas que nunca mais seriam tocadas. Seu rosto era triste e adorável, seus olhos eram brilhantes e sua boca, iluminada e apaixonada, mas havia uma emoção em sua voz que os homens que se interessavam por ela achavam difícil esquecer: uma compulsão para cantar, um "Escute" sussurrado, uma promessa de que ela havia feito coisas alegres e emocionantes há apenas alguns minutos e de que havia ainda mais coisas alegres e emocionantes pairando na próxima hora.

Contei a ela que havia passado um dia em Chicago a caminho da Costa Leste e que várias pessoas pediram que eu lhe mandasse lembranças.

– Eles sentem saudades de mim? – gritou ela em êxtase.

– A cidade inteira está desolada. Todos os carros estão com a roda traseira esquerda pintada de preto como se fosse uma coroa de luto, e há uma lamentação constante, durante a noite toda, ao longo da Costa Norte.

– Que lindo! Vamos voltar, Tom. Amanhã! – Em seguida, acrescentou de forma irrelevante: – Você precisa conhecer a bebê.

– Eu gostaria muito.

– Ela está dormindo. Tem três anos. Você nunca a viu?

– Nunca.

– Bem, você deveria vê-la. Ela é...

Tom Buchanan, que andava inquieto pela sala, parou e colocou a mão em meu ombro.

– O que você faz, Nick?

– Sou corretor de ações.

– Para quem você trabalha?

Eu disse a ele.

– Nunca ouvi falar deles – comentou decisivamente.

Isso me deixou aborrecido.

– Você vai – respondi secamente. – Vai ouvir falar deles se ficar na Costa Leste.

– Oh, vou ficar na Costa Leste, não se preocupe – disse ele, olhando para Daisy e depois de volta para mim, como se estivesse alerta para algo mais. – Seria um idiota se morasse em qualquer outro lugar.

Nesse ponto, a srta. Baker disse: – Com certeza! – com tal rapidez que até assustei. Era a primeira palavra que ela pronunciava desde que entrei na sala. Evidentemente, isso a surpreendeu tanto quanto a mim, pois ela bocejou e, com uma série de movimentos rápidos e hábeis, ela levantou-se do sofá.

— Estou toda dura — reclamou ela —, estou deitada neste sofá há muito tempo.

— Não olhe para mim — retrucou Daisy —, estou tentando levá-la a Nova York a tarde toda.

— Não, obrigada — disse a srta. Baker olhando para os quatro coquetéis que acabavam de chegar da copa. — Estou em treinamento rigoroso.

O anfitrião olhou para ela incrédulo.

— Mas eu não estou! — Ele tomou sua bebida como se fosse uma gota no fundo do copo. — Não consigo entender como você consegue fazer essas coisas.

Olhei para a srta. Baker, perguntando-me o que ela "fazia". Eu gostava de olhar para ela. Era uma garota esguia, de seios pequenos, com porte ereto, que ela acentuava jogando o corpo para trás, na altura dos ombros, como uma jovem cadete. Seus olhos cinza apertados por causa da luz do sol olharam para mim com uma curiosidade recíproca e polida de um rosto pálido, encantador e descontente. Ocorreu-me então que eu já a tinha visto, ou uma fotografia dela, em algum lugar.

— Você mora em West Egg — ela comentou com desdém. — Eu conheço uma pessoa que mora lá.

— Não conheço ninguém.

— Você deve conhecer Gatsby.

— Gatsby? — perguntou Daisy. — Que Gatsby?

Antes que eu pudesse responder que ele era meu vizinho, o jantar foi anunciado; cravando seu braço robusto sob o meu, Tom Buchanan me obrigou a sair da sala como se estivesse movendo uma peça de jogo para outro quadrado.

Esbeltas e lânguidas, com as mãos levemente colocadas nos

quadris, as duas jovens nos precederam até uma varanda rosada, aberta em direção ao pôr do sol, onde quatro velas tremeluziam na mesa com a diminuição do vento.

– Por que velas? – perguntou Daisy, franzindo a testa. Ela as apagou com os dedos. – Em duas semanas, será o dia mais longo do ano – ela disse olhando para todos nós com uma expressão radiante. – Vocês sempre ficam esperando o dia mais longo do ano e depois esquecem que ele chegou? Eu sempre espero o dia mais longo do ano e, quando percebo, ele já passou.

– Precisamos planejar algo – bocejou a srta. Baker, sentando-se à mesa como se estivesse indo para a cama.

– Tudo bem – disse Daisy. – O que vamos planejar? – Ela se virou para mim como se estivesse desamparada: – O que as pessoas planejam?

Antes que eu pudesse responder, seus olhos se fixaram com uma expressão de assombro sobre seu dedo mínimo.

– Olhem! – ela se queixou – machuquei meu dedinho.

Todos nós olhamos. A articulação estava preta e azul.

– Você fez isso, Tom – disse ela em tom de acusação. – Sei que você não queria, mas você fez. Isso é o que eu ganho por me casar com um brutamontes, volumoso, espécime com um físico grande e corpulento...

– Odeio essa palavra "brutamontes" – respondeu Tom irritado –, mesmo de brincadeira.

– Brutamontes – insistiu Daisy.

Às vezes, ela e a srta. Baker falavam ao mesmo tempo, discretamente e com uma inconsequência divertida que nunca poderia ser considerada uma tagarelice, com uma maneira tão fresca quanto seus vestidos brancos e seus olhos impessoais onde havia ausência total de qualquer desejo. Elas estavam ali e aceitavam a mim e a Tom, fazendo apenas um esforço educado e agradável para entreter ou serem entretidas. Elas sabiam que logo o jantar terminaria e um pouco mais tarde a noite também terminaria e seria colocada de lado casualmente. Era muito diferente no Oeste, onde uma noite era apressada de fase em fase em direção ao seu fim, com uma ansiedade continuamente frustrada ou então pelo puro pavor do momento propriamente dito.

— Você me faz sentir pouco civilizado, Daisy — confessei na minha segunda taça de clarete de qualidade impressionante, apesar do gosto de rolha. — Vocês não podem falar sobre plantações ou algo assim?

Eu não queria dizer nada em particular com essa observação, mas foi retomada de uma maneira inesperada.

— A civilização está se despedaçando — interrompeu Tom usando um tom violento. — Eu me transformei em um terrível pessimista sobre as coisas. Você já leu A Ascensão dos Impérios de Cor, de Goddard[2]? — Ainda não — respondi, bastante surpreso com seu tom de voz.

— Bem, é um bom livro e todos deveriam lê-lo. A ideia é que, se não tomarmos cuidado, a raça branca será totalmente subjugada. É material científico, foi tudo provado.

— Tom está ficando muito profundo — disse Daisy, com uma expressão de tristeza indiferente. — Ele lê livros profundos com palavras longas. Qual foi aquela palavra que nós...

— Bem, esses livros são todos científicos — insistiu Tom, olhan-

---

2   Obra e autor inexistentes. É uma alusão de Fitzgerald a um best-seller da época, *The Rising Tide of Color Against White World-Supremacy* (A maré ascendente dos povos de cor contra a supremacia mundial dos brancos), da autoria de Lothrop Stoddard (1883-1950).

do para ela com impaciência. – Esse sujeito estudou a coisa toda em detalhes. Depende de nós, que somos a raça dominante, estarmos atentos ou essas outras raças assumirão o controle das coisas.

– Temos que derrotá-los – sussurrou Daisy, piscando ferozmente por causa da luz muito forte do sol.

– Vocês deveriam morar na Califórnia – disse a srta. Baker, mas Tom a interrompeu movimentando-se desajeitadamente na cadeira.

– A ideia principal do livro é que somos nórdicos. Eu sou, você é, e você é, e... – Depois de uma hesitação infinitesimal, ele incluiu Daisy com um leve aceno de cabeça, e ela piscou para mim novamente. – E nós produzimos todas as coisas que fazem a civilização... ora, a ciência, as artes e tudo mais. Percebem?

Havia algo de patético em sua concentração, como se sua complacência, mais aguda do que antigamente, não fosse mais suficiente para ele. Quase que no mesmo momento, o telefone tocou dentro de casa e o mordomo saiu da varanda; Daisy aproveitou a interrupção momentânea e se inclinou em minha direção.

– Vou te contar um segredo de família – ela sussurrou com entusiasmo. – É sobre o nariz do mordomo. Você quer ouvir sobre o nariz do mordomo?

– É por isso que vim esta noite.

– Bem, ele nem sempre foi um mordomo; ele costumava polir prata para algumas pessoas em Nova York que tinham uma baixela de prata para duzentas pessoas. Ele passava o dia inteiro polindo as peças, até que finalmente começou a afetar seu nariz...

– As coisas foram de mal a pior – sugeriu a srta. Baker.

– Sim. As coisas foram de mal a pior, até que finalmente ele teve que demitir-se de seu emprego.

Por um momento, o último raio de sol caiu como uma carícia romântica sobre seu rosto radiante; sua voz muito baixa fez com que me inclinasse para frente, ansioso, enquanto a ouvia. Então, o brilho foi se apagando, cada raio a abandonava com um pesar insuportável, como crianças que deixam uma rua agradável ao anoitecer.

O mordomo voltou e murmurou algo perto do ouvido de Tom, que franziu a testa, empurrou a cadeira para trás e, sem dizer uma palavra, entrou para dentro da casa. Como se a ausência dele acelerasse algo dentro dela, Daisy se inclinou para frente novamente, sua voz brilhando e cantando.

– Eu adoro vê-lo sentado à minha mesa, Nick. Você me lembra uma... uma rosa, uma rosa absoluta. Não é? – Ela se voltou para a srta. Baker para confirmação: – Uma rosa absoluta, não é?

Isso não era verdade. Não pareço nem de leve com uma rosa. Ela estava apenas improvisando, mas um calor comovente fluiu dela, como se seu coração estivesse tentando sair e mostrar-se em uma daquelas palavras ofegantes e cheias de emoção. Então, de repente, ela jogou o guardanapo na mesa, pediu licença e entrou em casa.

A senhorita Baker e eu trocamos um breve olhar conscientemente despido de significado. Eu estava prestes a falar quando ela se sentou em alerta e disse "Shhh!" em tom de advertência. Um murmúrio inflamado e moderado podia ser ouvido na sala ao lado, e a srta. Baker se inclinou para frente sem vergonha, tentando ouvir. O murmúrio cresceu e ficou quase compreensível, depois enfraqueceu, cresceu de novo com entusiasmo e então cessou completamente.

– Esse sr. Gatsby de quem você falou é meu vizinho – comecei.

– Não fale. Quero ouvir o que vai acontecer.

— Está acontecendo alguma coisa? — perguntei inocentemente.

— Quer dizer que não sabe? — disse a srta. Baker, honestamente surpresa.

— Achei que todo mundo soubesse.

— Eu não sei.

— Bem — ela disse hesitante. — Tom está tendo um caso com uma mulher em Nova York.

— Caso com uma mulher? — repeti, inexpressivamente.

A senhorita Baker acenou com a cabeça.

— Ela poderia pelo menos ter a decência de não telefonar para ele na hora do jantar. Você não acha?

Quase antes de eu entender o que ela queria dizer, ouviu-se o barulho de um vestido e de botas de couro rangendo, e Tom e Daisy estavam de volta à mesa.

— Não pude evitar! — disse Daisy com uma alegria cheia de tensão.

Ela sentou-se, lançou um olhar penetrante para a srta. Baker e depois para mim, e continuou: — Fui lá fora por um minuto e está uma atmosfera muito romântica. Há um pássaro no gramado que acho que deve ser um rouxinol que veio em um dos navios da Cunard ou da White Star Line. Ele está cantando... — Sua voz também cantou: — Não é romântico, Tom?

— Muito romântico — respondeu ele, e então me disse em tom melancólico: — Se ainda estiver claro depois do jantar, quero levá-lo à estrebaria.

O telefone tocou lá dentro, de forma assustadora, e quando Daisy balançou a cabeça decididamente para Tom o assunto da estrebaria e todos os outros assuntos desapareceram no ar. Entre os fragmentos quebrados dos últimos cinco minutos à mesa, lembro-me das velas sendo acesas de novo, inutilmente, e de ter consciência de querer olhar diretamente para todos, mas evitar todos os olhares. Eu não conseguia adivinhar o que Daisy e Tom estavam pensando, mas duvido que até mesmo a srta. Baker, que parecia ter dominado um ceticismo obstinado, fosse capaz de colocar totalmente fora da mente a estridente urgência metálica desse quinto convidado. Para determinados temperamentos, a situação poderia até parecer fascinante, mas meu instinto era de telefonar imediatamente para a polícia.

É desnecessário dizer que os cavalos não foram mencionados novamente. Tom e a srta. Baker, separados por vários metros de crepúsculo entre eles, voltaram para a biblioteca, como se estivessem em vigília ao lado de um corpo perfeitamente tangível, enquanto, tentando parecer agradavelmente interessado e um pouco surdo, eu segui Daisy atravessando várias varandas interligadas até o pórtico da frente. Envoltos na escuridão profunda, nos sentamos lado a lado em um sofá de vime.

Daisy segurou o rosto dela com as mãos como se estivesse sentindo seu formato adorável, e seus olhos moveram-se vagarosamente observando o crepúsculo de veludo. Percebi que emoções turbulentas a perturbavam, então fiz algumas perguntas sobre sua filha porque pensei que seriam um tipo de calmante para toda sua aflição.

– Não nos conhecemos muito bem, Nick – disse ela de repente. – Mesmo sendo meu primo, você não veio ao meu casamento.

– Eu não tinha voltado da guerra ainda.

– Isso é verdade. – Ela disse com hesitação. – Bem, eu passei por momentos terríveis, Nick, e fiquei muito cética sobre tudo.

Evidentemente, ela tinha razão para ficar cética. Esperei, mas ela não disse mais nada, e depois de um momento tentei de modo um tanto débil voltar ao assunto de sua filha.

– Suponho que ela já fale, coma de tudo e faça muitas outras coisas.

– Ah, sim. – Ela me olhou distraidamente. – Escute, Nick; deixe-me contar o que eu disse quando ela nasceu. Você gostaria de ouvir?

– Claro que sim.

– Isso irá lhe mostrar como comecei a me sentir sobre... certas coisas. Bem, ela tinha menos de uma hora e só Deus sabe onde Tom estava. Acordei da anestesia com uma sensação de abandono total e perguntei imediatamente à enfermeira se era menino ou menina. Ela me disse que era uma menina, e então eu virei meu rosto e chorei. "Tudo bem", eu disse a mim mesma, "Estou feliz que seja uma menina. E espero que ela seja uma tola. Essa é a melhor coisa que uma garota pode ser neste mundo, uma linda tolinha". De qualquer forma, acho que tudo é horrível – ela continuou de forma convicta. – Todo mundo pensa assim, até as pessoas mais sofisticadas. E eu sei. Já estive em todos os lugares, já vi de tudo e fiz de tudo.

Seus olhos brilharam ao redor dela de uma forma desafiadora, um pouco parecidos como os de Tom, e ela riu com um desdém emocionado.

– Sofisticada... meu Deus, como sou sofisticada!

No instante em que ela parou de falar, deixando de atrair minha atenção, de fazer com que eu acreditasse nela, senti que não havia nenhuma sinceridade no que ela havia dito. Isso me deixou inquieto, como se a noite toda tivesse sido um tipo de truque para extrair uma emoção contributiva de mim. Esperei, e depois de alguns momentos ela olhou para mim com um sorriso debochado em seu lindo rosto, como se estivesse confirmando sua participação em uma sociedade secreta bastante distinta da qual ela e Tom faziam parte.

...

Dentro da casa, a sala cor de púrpura resplandecia de luz. Tom e a srta. Baker estavam sentados cada um em uma extremidade do longo sofá e ela lia em voz alta para ele o Saturday Evening Post. As palavras, murmuradas e não flexionadas, corriam juntas em uma melodia relaxante. A luz da lâmpada era brilhante nas botas dele e fosca no amarelo de folhas de outono do cabelo dela, e reluziu no papel quando ela virou uma página da revista com uma vibração dos músculos delicados de seus braços.

Quando entramos, ela nos pediu silêncio por um momento ao permanecer com a mão levantada.

– Continua – disse ela, jogando a revista sobre a mesa – na nossa próxima edição.

Com um movimento ágil, ela firmou seu joelho e levantou-se.

– Dez horas – observou ela, aparentemente olhando a hora no teto. – É hora dessa boa menina ir para a cama.

– Jordan vai jogar o torneio de amanhã – explicou Daisy – lá em Westchester.

– Oh, você é Jordan Baker.

Agora eu sabia por que seu rosto era familiar. Sua expressão agradável de desdém tinha olhado para mim em muitas fotografias de rotogravura da vida esportiva em Asheville, Hot Springs e Palm Beach. Também tinha ouvido uma história a seu respeito, uma história maldosa e desagradável, mas, como havia passado muito tempo, já não lembrava mais o que era.

– Boa noite – ela disse suavemente. – Acordem-me às oito, por favor?

– Se você levantar.

– Levanto, sim. Boa noite, sr. Carraway. Espero vê-lo novamente.

– Claro que vai – confirmou Daisy. – Na verdade, acho que vou arranjar um casamento. Venha nos visitar com frequência, Nick, e eu... deixarei vocês dois a sós. Você sabe, posso trancá-los acidentalmente em algum armário ou empurrar os dois para o mar em um barco, esse tipo de coisa...

– Boa noite – disse a srta. Baker da escada. – Não escutei nenhuma palavra que você disse.

– Ela é uma boa moça – disse Tom após um instante. – Não deveria deixá-la viajar pelo país dessa maneira.

– Quem não deveria? – perguntou Daisy friamente.

– A família dela.

– A família dela é formada por uma tia que tem quase mil anos. Além disso, Nick vai cuidar dela, não é, Nick? Ela vai passar muitos fins de semana aqui neste verão. Acho que a influência doméstica será muito boa para ela.

Daisy e Tom se entreolharam por um momento em silêncio.

– Ela é de Nova York? – perguntei rapidamente.

– De Louisville. Passamos juntas nossa infância de meninas brancas. Nossa linda infância branca...

– Você abriu seu coração para o Nick na varanda? – perguntou Tom de repente.

– Será que fiz isso? – ela olhou para mim. – Não consigo me lembrar, mas acho que conversamos sobre a raça nórdica. Sim, tenho certeza que sim. Esse assunto nos envolve e é a primeira coisa que nos vem à cabeça...

– Não acredite em tudo que ouve, Nick – ele me aconselhou.

Eu disse delicadamente que não tinha ouvido nada, e alguns minutos depois levantei-me para ir para casa. Eles me acompanharam até a porta e ficaram lado a lado em um alegre quadrado de luz. Quando liguei o motor do carro, Daisy disse peremptoriamente: – Espere!

– Esqueci de perguntar uma coisa, e é importante. Ouvimos dizer que você estava noivo de uma garota no Oeste.

– Isso mesmo – confirmou Tom gentilmente. – Ouvimos dizer que você estava noivo.

– É uma calúnia. Sou muito pobre.

– Mas nós ouvimos – insistiu Daisy, surpreendendo-me ao se abrir novamente como uma flor. – Ouvimos de três pessoas, então deve ser verdade.

Claro que eu sabia a que eles estavam se referindo, mas eu não estava nem vagamente comprometido. O fato de que os fofoqueiros tinham publicado os proclamas era um dos motivos pelos quais eu tinha vindo para o Leste. Você não pode deixar de sair com uma velha amiga só por causa de boatos, e por outro lado eu não tinha intenção de me casar por causa disso.

O interesse deles me comoveu e os tornou menos ricos e distantes. No entanto, eu estava um pouco confuso e indignado enquanto dirigia para casa. Em minha opinião, achava que Daisy deveria sair correndo de casa com a criança nos braços... mas aparentemente ela não tinha essa intenção. Quanto a Tom, o fato de ele "ter uma mulher em Nova York" era realmente menos surpreendente do que o fato de ele ter ficado deprimido por causa de um livro. Algo estava fazendo com que ele mordiscasse a borda de ideias obsoletas, como se seu robusto egoísmo físico não alimentasse mais seu coração arrogante.

Já era pleno verão nos telhados das casas e na frente das garagens à beira da estrada, onde novas bombas de gasolina vermelhas se erguiam no meio de poças de luz, e quando cheguei à minha propriedade em West Egg coloquei o carro na garagem e fiquei sentado por um tempo em cima de um cortador de grama abandonado no quintal. O vento tinha parado, deixando uma noite brilhante e cheia de ruídos, com os pássaros batendo as asas nas árvores e os sapos emitindo um som contínuo parecido com o de um órgão enquanto a terra soprava enchendo-os de vida como um fole. A silhueta de um gato em movimento oscilou sob o luar e, virando minha cabeça para observá-lo, vi que não estava sozinho. A mais ou menos quinze metros de distância, uma figura emergiu da sombra da mansão do meu vizinho e estava de pé com as mãos nos bolsos contemplando a poeira prateada das estrelas. Algo em seus movimentos vagarosos e a posição segura de seus pés no gramado sugeriam que era o próprio sr. Gatsby, que saíra para determinar qual era a sua porção do céu local.

Decidi chamá-lo. A srta. Baker o mencionara no jantar, o que bastaria como uma apresentação. Mas não o chamei, pois ele deu uma súbita insinuação de que estava contente de estar sozinho. Estendeu os braços em direção à água escura de uma forma curiosa e, mesmo estando longe dele, poderia jurar que ele estava tremendo. Involuntariamente, olhei para o mar e não percebi nada, a não ser uma única luz verde, minúscula e distante, que poderia ser a ponta de um ancoradouro. Quando olhei mais uma vez para Gatsby, ele havia desaparecido e eu estava sozinho novamente na escuridão inquieta.

CAPÍTULO II

Mais ou menos na metade do caminho entre West Egg e Nova York, a estrada rapidamente se une à ferrovia e segue ao lado dela por uns quatrocentos metros, de modo a afastar-se de certa área desolada de terra. Este é um vale de cinzas – uma fazenda fantástica onde as cinzas crescem como o trigo em cumes e colinas e jardins grotescos; onde as cinzas assumem a forma de casas e chaminés e fumaça subindo e, finalmente, com um esforço transcendental, homens cinzentos se movem lentamente como se já estivessem se desfazendo em ar empoeirado. Ocasionalmente, uma fila de vagões cinza se arrasta ao longo dos trilhos invisíveis, produzindo um rangido horrível e então para; imediatamente os homens cheios de cinzas se aglomeram com pás de chumbo e levantam uma nuvem impenetrável, que esconde suas operações obscuras da vista de quem passa por ali.

Mas, acima da terra cinzenta e dos espasmos de poeira sombria que pairam infindavelmente sobre ela, é possível perceber, depois de um momento, os olhos do Doutor T. J. Eckleburg. Os olhos do doutor são azuis e gigantescos; suas retinas têm um metro de altura. Eles não surgem de nenhum rosto, mas sim de um par de enormes óculos amarelos que se apoiam em um nariz inexistente. Evidentemente, algum oculista maluco os colocou ali para aumentar a clientela em seu consultório no bairro do Queens, e então se afundou na cegueira eterna ou esqueceu os óculos ali e foi embora. Mas os olhos dele, um pouco turvos depois de muitos dias sem pintura, sob o sol e a chuva, continuam observando o solene depósito de lixo.

O vale das cinzas é limitado de um lado por um rio pequeno e imundo e, quando a ponte levadiça está levantada para permitir a passagem dos barcos, os passageiros dos trens que esperam podem contemplar a cena desolada por até meia hora. Há sempre uma parada lá de pelo menos um minuto, e foi por isso que conheci a amante de Tom Buchanan.

O fato de ele ter uma amante era comentado em todos os locais onde ele era conhecido. Seus amigos e conhecidos o criticavam por ele aparecer com ela em cafés populares e deixá-la sentada à mesa, andando de um lado para o outro para conversar com as pessoas que ele conhecia. Embora estivesse curioso para vê-la, eu não tinha desejo de conhecê-la, mas aconteceu. Uma tarde, fui para Nova York com Tom de trem e, quando paramos perto dos montes de cinzas, ele se levantou de repente e, segurando meu cotovelo, literalmente me obrigou a descer do trem.

— Vamos sair — ele insistiu. — Quero que você conheça minha garota.

Acho que ele tinha bebido além da conta no almoço e sua determinação em levar-me junto com ele beirava a violência. Sua arrogante presunção era que eu não tinha nada melhor para fazer na tarde de domingo. Eu o segui até passarmos por cima de uma cerca baixa pintada de cal na ferrovia e retornarmos uns cem metros ao longo da estrada sob o olhar persistente do Doutor Eckleburg. A única construção à vista era um pequeno quarteirão de tijolos amarelos à beira do depósito de cinzas, uma espécie de rua principal que seguia, mas não chegava a lugar nenhum. Uma das três lojas do quarteirão estava para alugar e a outra era um restaurante que ficava aberto a noite toda e cujo caminho de entrada ficava coberto de cinzas; o terceiro era uma oficina: Reparos. George B. Wilson. Compro e vendo carros. Acompanhei Tom até lá dentro.

O interior era desolado e vazio; o único carro visível era o resto de um Ford empoeirado que estava jogado em um canto escuro. Ocorreu-me que aquela oficina pavorosa devia ser uma fachada para apartamentos suntuosos e românticos que ficavam escondidos na parte de cima, quando o proprietário apareceu na porta do escritório, limpando as mãos em trapo de pano. Ele era um homem loiro, desanimado, anêmico e um pouco bonito. Quando nos viu, um brilho úmido de esperança surgiu em seus olhos azuis-claros.

– Olá, Wilson, meu velho – disse Tom, dando-lhe um tapa jovial no ombro. – Como estão os negócios?

– Não posso reclamar – respondeu Wilson de forma pouco convincente. – Quando você vai me vender aquele carro?

– Semana que vem; meu funcionário está trabalhando nele agora.

– Trabalha bem devagar, não é?

– Não, não trabalha – disse Tom friamente. – E, se você acha isso, então, talvez seja melhor eu vendê-lo em outro lugar.

– Não foi isso que eu quis dizer – explicou Wilson rapidamente. – Eu só quis dizer...

Sua voz sumiu e Tom olhou impaciente ao redor da oficina. Então, ouvi passos na escada e, em um instante, a figura corpulenta de uma mulher bloqueou a luz da porta do escritório. Ela tinha trinta e poucos anos e era ligeiramente corpulenta, mas exibia sua carne sensualmente como só as mulheres sabem fazer. O rosto dela, acima de um vestido de crepe da china com bolinhas azul-escuro, não continha nenhum brilho de beleza, mas havia uma vitalidade imediatamente perceptível emanando dela, como se os nervos de seu corpo estivessem continuamente em chamas. Ela sorriu lentamente e, passando por seu marido como se ele fosse um fantasma, apertou a mão de Tom, olhando-o bem nos olhos. Então ela molhou os lábios e, sem se virar, falou com o marido em uma voz suave e rouca:

– Por que você não pega algumas cadeiras, assim eles podem sentar.

– Oh, claro – concordou Wilson apressadamente, e foi em direção ao pequeno escritório, misturando-se imediatamente com a cor de cimento das paredes. Uma poeira branca e acinzentada cobria seu terno escuro e seu cabelo claro como um véu ao redor de tudo, exceto de sua esposa, que chegou mais perto de Tom.

– Quero ver você – disse Tom atentamente. – Pegue o próximo trem.

– Tudo bem.

– Vou encontrá-la na banca de jornal no andar de baixo.

Ela acenou positivamente com a cabeça e se afastou dele assim que George Wilson surgiu com duas cadeiras na porta de seu escritório.

Esperamos por ela na estrada onde o marido não poderia vê-la. Faltavam poucos dias para a comemoração do dia da independência americana (4 de julho), e uma criança italiana magricela e cheia de cinzas estava montando os fogos em uma fileira ao longo dos trilhos da ferrovia.

– Lugar horrível, não é? – disse Tom, fazendo uma careta para o dr. Eckleburg.

– Horrível.

– Faz bem a ela sair um pouco.

– O marido dela não reclama?

– Wilson? Ele acha que ela vai visitar a irmã em Nova York. Ele é tão imbecil que nem sabe que está vivo.

Então, Tom Buchanan, sua namorada e eu fomos juntos para Nova York. Bem, não exatamente juntos, pois a sra. Wilson estava sentada discretamente em outro carro. Esse era o nível mais alto de tolerância que Tom tinha diante das sensibilidades dos moradores de East Egg que poderiam estar no trem.

Ela havia trocado seu vestido por um de musselina marrom, que parecia estar bem apertado sobre seus quadris bastante largos enquanto Tom a ajudava a descer na plataforma em Nova York. Na banca de jornal, ela comprou um exemplar de Town Tattle[3] e uma revista de filmes, e na drogaria da estação um creme para o rosto e um pequeno frasco de perfume. No andar de cima, na solene passarela cheia de ecos, ela deixou quatro táxis passarem antes de escolher um novo, cor de lavanda com estofamento cinza, e com isso deslizamos do imenso prédio da estação para as ruas cheias de sol. Mas, em seguida, ela inclinou-se para frente até a janela e bateu no vidro que separa o motorista dos passageiros.

– Quero comprar um daqueles cachorros – ela disse em tom sério. – Quero comprar um para o apartamento. É bom ter um cachorro.

O carro deu marcha à ré até alcançar um velho senhor de cabelos grisalhos que era muitíssimo parecido com John D. Rockefeller. Em um cesto pendurado em seu pescoço, encolhia-se uma dúzia de filhotes de cachorro de uma raça indeterminada.

– De que raça são eles? – perguntou a sra. Wilson ansiosamente, quando ele chegou até a janela do táxi.

– De todas as raças. Que raça a senhora quer?

– Gostaria de comprar um desses cães policiais; acho que o senhor não tem essa raça, tem?

---

3 Revista sobre mexericos sociais muito popular na época. O título em tradução livre seria *As Fofocas da Cidade*.

O homem olhou para a cesta com dúvida, mergulhou sua mão e retirou um cachorrinho que estava esperneando.

— Esse não é um cão policial — disse Tom.

— Não, não é exatamente um cão policial — disse o homem decepcionado. — É mais um Airedale Terrier — Ele passou a mão nas costas de cor marrom do animalzinho — Olhe só esse casaco. Olhe que pelo macio. Esse é um cachorro que nunca vai incomodar a senhora, nem resfriado vai pegar.

— Ele é muito lindo — disse a sra. Wilson com entusiasmo. — Quanto custa?

— Esse cachorro? — Ele olhou para ele com admiração. — Esse cachorro vai lhe custar dez dólares.

O Airedale — sem dúvida havia um Airedale escondido nele em algum lugar, embora seus pés fossem surpreendentemente brancos — mudou de mãos e se acomodou no colo da sra. Wilson, onde ela acariciou o casaco à prova de água com verdadeira alegria.

— É um menino ou uma menina? — ela perguntou delicadamente.

— Esse cachorro? Esse cachorro é um menino.

— É uma cadela — afirmou Tom categoricamente. — Aqui está o seu dinheiro. Vá e compre mais dez cachorros com ele.

Dirigimos até a Quinta Avenida, quente e suave, quase bucólica, naquela tarde de domingo de verão. Eu não ficaria surpreso ao ver um grande rebanho de ovelhas brancas dobrando a esquina.

— Pode parar, por favor — eu disse —, preciso descer aqui.

— Não, você não precisa — interpôs Tom rapidamente. — Myrtle vai ficar sentida se você não subir até o apartamento. Não vai, Myrtle?

— Vamos lá — ela insistiu. — Vou telefonar para minha irmã Catherine. As pessoas que entendem de mulher dizem que ela é muito bonita.

– Bem, eu gostaria, mas...

Continuamos, cortando novamente pelo Central Park em direção à West Hundreds. Na 158th Street, o táxi parou em um estacionamento de um longo bloco branco de prédios de apartamentos que parecia um bolo de casamento. Lançando um olhar majestoso de boas-vindas ao redor da vizinhança, a sra. Wilson pegou seu cachorrinho e suas outras compras e entrou com arrogância.

– Vou pedir que os McKees subam – ela anunciou enquanto subíamos no elevador. – E, é claro, tenho que ligar para minha irmã também.

O apartamento ficava no último andar; uma pequena sala de estar, uma pequena sala de jantar, um pequeno quarto e um banheiro. A sala de estar estava completamente lotada com um conjunto de móveis forrados de tapeçaria muito grande para ela, de modo que se mover era tropeçar continuamente em cenas de senhoras balançando nos jardins de Versalhes. O único quadro era uma fotografia superampliada, aparentemente de uma galinha sentada em uma pedra fora de foco. Observada à distância, no entanto, a galinha transformava-se em uma touca, e o semblante de uma senhora robusta aparecia na sala. Vários exemplares antigos de Town Tattle estavam sobre a mesa junto com um exemplar de um livro intitulado Simão, chamado Pedro[4] e algumas das pequenas revistas de escândalos da Broadway. A sra. Wilson primeiro se preocupou com o cachorro. O ascensorista, um pouco relutante, foi buscar uma caixa cheia de palha e um pouco de leite no qual ele acrescentou, por sua própria iniciativa, uma lata de biscoitos grandes e duros para cães – um dos quais ficou se desmanchando apaticamente no pires de leite

---

4   *Simão, chamado Pedro (Simon called Peter)*, de Robert Keable (1887-1927), foi publicado em 1921, tornando-se imediatamente um best-seller. Foi transformado em peça de teatro, que estreou no Klaw Theatre de New York em 10 de novembro de 1924.

durante toda a tarde. Enquanto isso, Tom foi buscar uma garrafa de uísque que estava trancada em uma escrivaninha.

Fiquei bêbado apenas duas vezes na vida, e a segunda vez foi nessa tarde; então tudo o que aconteceu tem um tom escuro e nebuloso, embora até depois das oito horas o apartamento estivesse cheio da luz alegre do sol. Sentada no colo de Tom, a sra. Wilson ligou para várias pessoas; depois, como não havia cigarros, saí para comprar alguns na drogaria da esquina. Quando voltei, os dois haviam desaparecido, então me sentei discretamente na sala de estar e li um capítulo de Simão, chamado Pedro. Ou o livro era realmente terrível ou o uísque distorceu as coisas, porque não fez o menor sentido para mim.

Depois que Tom e Myrtle (depois do primeiro drinque, eu e a sra. Wilson começamos a nos chamar pelo primeiro nome) reapareceram, as visitas começaram a chegar ao apartamento.

A irmã, Catherine, era uma garota esguia e sedutora, com aproximadamente trinta anos, cabelos ruivos ondulados e viscosos e um tom de pele branco da cor do leite. Suas sobrancelhas haviam sido arrancadas e depois desenhadas novamente em um ângulo mais libertino, mas os esforços da natureza para restaurar o antigo alinhamento deixavam seu rosto um tanto desfocado.

Quando ela se movimentava, era possível ouvir um estalo incessante porque inúmeros braceletes de cerâmica tilintavam para cima e para baixo em seus braços. Ela entrou com muita pressa como se fosse a proprietária e olhou em volta tão possessivamente para os móveis que me perguntei se ela não morava ali mesmo. Mas, quando perguntei, ela riu descontroladamente e repetiu minha pergunta em voz alta dizendo que morava com uma amiga em um quarto de hotel.

O sr. McKee era um homem pálido e afeminado do apartamento de baixo. Tinha acabado de se barbear, pois havia um pouco de espuma branca em seu rosto. Ele foi muito respeitoso em sua saudação a todos os presentes. Informou-me que estava no ramo de "atividades artísticas" e eu deduzi mais tarde que ele era um fotógrafo e havia feito a ampliação desfocada da mãe da sra. Wilson que pairava como um ectoplasma na parede. Sua esposa tinha uma voz estridente, era lânguida, bonita e desagradável. Ela contou-me com orgulho que seu marido a havia fotografado cento e vinte e sete vezes desde que se casaram.

A sra. Wilson havia trocado de roupa algum tempo antes e agora estava vestida com um elaborado vestido de tarde de chiffon creme, que fazia um farfalhar contínuo enquanto ela andava pela sala. Sob a influência do vestido, sua personalidade também havia mudado. A intensa vitalidade que havia sido tão notável na oficina foi convertida em uma impressionante altivez. Sua risada, seus gestos, suas afirmações se tornaram mais afetadas a cada momento, e conforme ela se soltava a sala ficava menor ao seu redor, até que parecia estar girando ao redor de um eixo barulhento em meio ao ar enfumaçado.

– Minha querida – ela disse à irmã com uma voz muito alta e estridente –, a maioria dessas pessoas vai te enganar o tempo todo. Eles só pensam em dinheiro. Chamei uma mulher aqui na semana passada para cuidar dos meus pés e, quando ela me apresentou a conta, parecia que ela tinha extraído meu apêndice.

– Qual é o nome dessa mulher? – perguntou a sra. McKee.

– Sra. Eberhardt. Ela atende em domicílio para cuidar dos pés das pessoas.

– Gostei do seu vestido – comentou a sra. McKee –, achei ele adorável.

A sra. Wilson rejeitou o elogio levantando a sobrancelha com desdém.

– É apenas uma coisa velha e meio maluca – disse ela. – Eu uso raramente, quando não estou preocupada com a minha aparência.

– Mas fica maravilhoso em você, se é que me entende – continuou a sra. McKee. – Se Chester pudesse tirar uma fotografia de você nessa pose, acho que ele poderia fazer um quadro lindo.

Todos nós olhamos em silêncio para a sra. Wilson, que tirou uma mecha de cabelo dos olhos e nos devolveu um sorriso brilhante. O sr. McKee a olhou atentamente com a cabeça inclinada para o lado e, em seguida, movimentou a mão para frente e para trás lentamente diante do próprio rosto.

– Eu mudaria a iluminação a luz – ele disse depois de um momento. – Gostaria de destacar as características do rosto. E tentaria segurar todo o cabelo preso na parte de trás.

– Eu não mudaria a iluminação – disse a sra. McKee. – Acho que é...

Seu marido disse "Shhhh!" e todos nós olhamos para a modelo novamente e, naquele momento, Tom Buchanan bocejou audivelmente e se levantou.

– Sirva alguma bebida aos McKees – disse ele. – Pegue um pouco mais de gelo e água mineral, Myrtle, antes que todos caiam no sono.

– Eu falei com aquele garoto sobre o gelo. – Murta ergueu as sobrancelhas em desespero com a ineficiência das classes inferiores. – Essa gente! Você tem que vigiá-los o tempo todo.

Ela olhou para mim e riu sem motivo. Em seguida, correu até o cachorro, beijou-o em êxtase e foi para a cozinha, dando a entender que uma dúzia de chefs aguardavam suas ordens ali.

— Fiz alguns trabalhos bons em Long Island — afirmou o sr. McKee. Tom olhou para ele sem expressão.

— Dois deles nós enquadramos lá embaixo.

— Dois o quê? — perguntou Tom.

— Dois ensaios. Um deles eu chamo de Montauk Point — As Gaivotas, e o outro de Montauk Point — O Mar.

Catherine, a irmã, sentou-se ao meu lado no sofá.

— Você também mora em Long Island? — ela perguntou.

— Moro em West Egg.

— Verdade? Estive lá em uma festa há cerca de um mês. Na casa de um homem chamado Gatsby. Você o conhece?

— Moro na casa ao lado.

— Bem, dizem que ele é um sobrinho ou primo do Kaiser Wilhelm[5]. É daí que vem todo o seu dinheiro.

— É mesmo?

Ela acenou confirmando com a cabeça.

— Tenho medo dele. Odiaria se ele chegasse perto de mim.

Esta informação importante sobre o meu vizinho foi interrompida pela sra. McKee, que subitamente apontou para Catherine:

— Chester, acho que você poderia fazer alguma com ela — exclamou, mas o sr. McKee apenas acenou com a cabeça como se estivesse entediado e voltou sua atenção para Tom.

— Gostaria de trabalhar mais em Long Island, se me dessem uma chance. Tudo o que peço é que me deem uma oportunidade.

— Peça a Myrtle — disse Tom, dando uma gargalhada curta quando a sra. Wilson entrou com uma bandeja. — Ela lhe dará uma carta de apresentação, não dá, Myrtle?

---

5   O Imperador Guilherme II (1859-1941), Rei da Prússia e Imperador da Alemanha (1888-1918).

— O quê? — ela perguntou, espantada.

— Você dará a McKee uma carta de apresentação de seu marido, para que ele possa fazer alguns de seus ensaios. Seus lábios se moveram silenciosamente por um momento enquanto ele inventava "George B. Wilson na bomba de gasolina" ou algo parecido.

Catherine se inclinou perto de mim e sussurrou em meu ouvido:

— Nenhum deles consegue suportar a pessoa com quem estão casados.

— Eles não conseguem?

— Não conseguem suportá-los. — Ela olhou para Myrtle e depois para Tom. — O que eu digo é, por que continuar a viver com eles se não os suportam? Se eu fosse eles, me divorciaria e me casaria imediatamente.

— Ela também não gosta do Wilson?

A resposta para isso foi inesperada. Veio de Myrtle, que ouviu a pergunta, e foi violenta e obscena.

— Viu só? — gritou Catherine triunfante e baixou a voz novamente.

— Na realidade é a esposa dele que os mantém separados. Ela é católica e eles não aceitam o divórcio.

Daisy não era católica e fiquei um pouco chocado com a complexidade da mentira.

— Quando eles se casarem — continuou Catherine —, vão morar na Costa Oeste por um tempo até que tudo se acalme.

— Seria mais discreto ir para a Europa.

— Oh, você gosta da Europa? — exclamou ela surpresa. — Acabei de voltar de Monte Carlo.

— Verdade?

— Estive lá no ano passado. Fui com outra garota.

— Ficaram muito tempo?

— Não, apenas fomos a Monte Carlo e voltamos. Passamos por Marselha. Tínhamos mais de mil e duzentos dólares quando começamos, mas gastamos tudo em dois dias nos quartos particulares. Posso lhe dizer que foi muito difícil voltar. Meu Deus, como odiei aquela cidade!

O céu do fim da tarde brilhou na janela por um momento com os tons de mel e azul do Mediterrâneo. Então a voz estridente da sra. McKee me trouxe de volta à sala.

— Quase cometi um erro também — ela declarou vigorosamente. — Quase me casei com um homenzinho que estava atrás de mim há anos. Eu sabia que ele não era digno de mim. Todo mundo ficava me dizendo: "Lucille, aquele homem é inferior a você!". Mas, se eu não tivesse conhecido Chester, com certeza teria que ter me casado com ele.

— Sim, mas escute — disse Myrtle Wilson, balançando a cabeça para cima e para baixo —, pelo menos você não se casou com ele.

— Eu sei que não.

— Bem, eu casei com ele — disse Myrtle, com ambiguidade — e essa é a diferença entre o seu caso e o meu.

— Por que você fez isso, Myrtle? — perguntou Catherine. — Ninguém forçou você a se casar.

Myrtle ficou pensando por um tempo.

— Eu casei com ele porque pensei que ele fosse um cavalheiro — ela disse finalmente. — Achei que ele fosse bem-educado, mas ele não era digno nem de lamber meu sapato.

— Você ficou louca por ele por um tempo — disse Catherine.

— Louca por ele! — gritou Murta, incrédula. — Quem disse que eu era louca por ele? Nunca fui mais louca por ele do que por esse homem aqui.

Ela apontou de repente para mim e todos me olharam de forma acusadora. Tentei mostrar pela minha expressão que não esperava nenhum afeto.

— Eu só fui louca quando me casei com ele. Soube imediatamente que cometi um erro. Ele pegou emprestado o melhor terno de um amigo para se casar, e nunca me contou nada sobre isso, e o homem veio atrás dele um dia quando ele estava fora: "Oh, esse terno é seu?", eu perguntei. "Só estou sabendo disso agora". Mas eu dei o terno a ele e então me joguei na cama e chorei a tarde toda.

— Ela realmente deveria afastar-se dele — resumiu Catherine para mim.

— Eles moram naquela oficina há onze anos. E Tom é o primeiro namorado que ela já teve desde então.

A garrafa de uísque, a segunda, era agora constantemente requisitada por todos os presentes, exceto Catherine, que dizia "sentir-se muito bem sem beber nada". Tom chamou o zelador e mandou-o buscar alguns sanduíches famosos porque podiam substituir um jantar. Eu queria sair e andar até o parque apreciando o crepúsculo silencioso, mas, cada vez que tentava levantar, ficava enredado em alguma discussão sem propósito e estridente que me puxava de volta, como se fossem cordas, em minha cadeira. No entanto, no alto da cidade, nossa linha de janelas amarelas deve ter contribuído com sua cota de segredo humano para o observador casual nas ruas que estavam ficando escuras, e eu também o via, olhando para cima e pensando. Eu estava por dentro e por fora, ao mesmo tempo encantado e repelido pela variedade inesgotável da vida.

Myrtle puxou sua cadeira para perto da minha e, de repente, sua respiração cálida derramou sobre mim a história de seu primeiro encontro com Tom.

— Foi naqueles dois assentos que ficam frente a frente e são sempre os últimos a serem usados no trem. Eu estava indo até Nova York para visitar a minha irmã e passar a noite lá. Ele estava com um terno e sapatos de couro envernizado, e eu não conseguia tirar os olhos dele, mas, toda vez que ele olhava para mim, eu tinha que fingir que estava olhando o anúncio sobre sua cabeça. Quando chegamos à estação, ele estava ao meu lado, com a camisa branca pressionada contra meu braço, então eu disse a ele que teria que chamar um policial, mas ele sabia que eu estava mentindo. Estava tão excitada que, quando entrei no táxi com ele, nem percebi que não estava entrando em um trem do metrô. Tudo que eu ficava pensando, sem parar, era "Você não vai viver para sempre; você não vai viver para sempre".

Ela virou-se para a sra. McKee e a sala encheu-se de sua risada artificial.

— Minha querida — exclamou ela —, vou lhe dar este vestido assim que eu o tirar. Tenho que comprar outro amanhã. Vou fazer uma lista de todas as coisas que preciso comprar. Preciso ir ao massagista e arrumar o cabelo, comprar uma coleira para o cachorro, e um daqueles lindos cinzeiros de mola; uma coroa funerária com um laço de seda preta para o túmulo da mamãe para durar o verão inteiro. Tenho que escrever uma lista para não esquecer todas as coisas que tenho de fazer.

Eram nove horas e quase imediatamente depois olhei para o meu relógio e descobri que já eram dez. O sr. McKee estava dormindo em uma cadeira com os punhos cerrados no colo, como se ele mesmo fosse a fotografia de um homem de ação. Tirando meu lenço do bolso, limpei de sua bochecha a mancha de espuma seca que me incomodara a tarde toda.

O cachorrinho estava sentado na mesa olhando com olhos cegos através da fumaça e, de vez em quando, gemendo baixinho. Pessoas desapareciam, reapareciam, faziam planos para ir a algum lugar e depois se separavam, procuravam umas pelas outras, se encontravam a alguns metros de distância. Por volta da meia-noite, Tom Buchanan e a sra. Wilson estavam em pé, frente a frente, discutindo, calorosamente, se a sra. Wilson tinha algum direito de mencionar o nome de Daisy.

– Daisy! Daisy! Daisy! – gritou a sra. Wilson. – Vou repetir sempre que eu quiser! Daisy! Dai...

Com um movimento rápido e hábil, Tom Buchanan quebrou o nariz dela com a mão aberta.

Em seguida, havia toalhas ensanguentadas no chão do banheiro e vozes de mulheres fazendo recriminações, e bem alto, acima de toda a confusão, era possível ouvir um longo gemido de dor. O sr. McKee acordou de seu cochilo e foi atordoado em direção à porta. Quando ele estava na metade do caminho, virou-se e olhou para a cena: sua esposa e Catherine repreendendo e consolando enquanto tropeçavam aqui e ali na sala lotada com artigos de primeiros-socorros para a figura desesperada jogada no sofá, sangrando abundantemente, e tentando abrir e espalhar cópias de Town Tattle sobre as cenas de tapeçaria de Versalhes. Então o sr. McKee virou-se novamente e continuou saindo pela porta. Peguei meu chapéu e o segui.

– Venha almoçar conosco um dia desses – ele sugeriu, enquanto descíamos pelo elevador.

– Onde?

– Qualquer lugar.

– Mantenha as mãos longe da alavanca – disse o ascensorista.

– Perdão – disse o sr. McKee com dignidade –, não sabia que estava tocando nela.

– Tudo bem – disse eu concordando. – Será um prazer.

... Eu estava em pé ao lado da cama dele e ele sentado entre os lençóis, vestindo apenas sua cueca, com uma grande pasta nas mãos.

– A Bela e a Fera... Solidão... O Velho Cavalo da Mercearia... Ponte de Brook'...

Então eu estava deitado, meio adormecido e com frio, no nível inferior da Pennsylvania Station, olhando sem prestar atenção à versão matutina do Tribune e esperando o trem das quatro horas da manhã.

CAPÍTULO III

Havia música na casa do meu vizinho durante as noites de verão. Em seus jardins azuis, homens e garotas iam e vinham como mariposas entre os sussurros, o champanhe e as estrelas. Na maré alta da tarde, eu observava seus convidados mergulhando da torre de seu ancoradouro ou tomando sol na areia quente de sua praia enquanto seus dois barcos a motor cortavam as águas do Estreito, com esquiadores fazendo manobras sobre cataratas de espuma. Nos fins de semana, seu Rolls-Royce se transformava em um ônibus, levando e trazendo grupos de festas para a cidade entre as nove da manhã até muita horas depois da meia-noite, enquanto sua caminhonete corria como um ágil besouro amarelo para receber todos que chegavam nos trens. E às segundas-feiras, oito criados, incluindo um jardineiro extra, labutavam o dia todo com esfregões, escovas, martelos e tesouras de jardim, reparando os estragos da noite anterior.

Todas as sextas-feiras, cinco caixotes de laranjas e limões chegavam de uma frutaria em Nova York. Todas as segundas-feiras, essas mesmas laranjas e limões saíam de sua porta dos fundos em uma pirâmide de metades sem polpa. Havia uma máquina na cozinha que podia extrair o suco de duzentas laranjas em meia hora se um pequeno botão fosse pressionado duzentas vezes pelo polegar de um mordomo.

Pelo menos uma vez a cada quinze dias, um exército de decoradores chegava com várias centenas de metros de lona e luzes coloridas o suficiente para transformar o enorme jardim de Gatsby em uma árvore de Natal. Em mesas de bufê, guarnecidas com aperitivos reluzentes, eram colocadas fatias de presunto assado e temperado, com saladas dispostas como roupas de arlequins, porcos e perus recheados e muito bem assados que chegavam a ficar dourados e bem escuros. No saguão principal, era montado um bar com anteparos de bronze de verdade, abastecido com gins e licores, e com bebidas há tanto tempo esquecidas que a maioria de suas convidadas era jovem demais para diferenciar um do outro.

Por volta das sete horas, chega a orquestra, não um conjunto de cinco músicos, mas uma orquestra de oboés, trombones, saxofones, violas, cornetas, flautins e tambores de timbres graves e agudos. Enquanto isso, os últimos nadadores estão chegando da praia e vestindo-se no andar de cima; os carros de Nova York estão estacionados em cinco fileiras na frente da mansão, os corredores, salões e varandas já estão repletos de cores primárias e chamativas, os cabelos com penteados da moda nova e estranha, e as mulheres usam xales além dos sonhos do Reino de Castela. O bar já está funcionando em sua plenitude, e rodadas flutuantes de coquetéis permeiam o jardim lá fora, até que o ar fique tomado de conversas e risos, com insinuações casuais e apresentações esquecidas de imediato, além dos encontros entusiasmados entre mulheres que nem sabem os nomes umas das outras.

As luzes ficam mais brilhantes à medida que a terra se afasta da luz do sol, e agora a orquestra está tocando uma música suave para acompanhar os coquetéis e a ópera de vozes sobe até um tom mais alto. O riso é mais fácil minuto a minuto, derramado com prodigalidade, provocado por qualquer palavra divertida. Os grupos mudam com mais rapidez, aumentam com os recém-chegados, dissolvem-se e se formam ao mesmo tempo; já é possível ver garotas confiantes andando de um lado para o outro, entrelaçando-se entre os mais robustos e mais estáveis, tornando-se por um momento o centro alegre de um grupo e então, empolgadas com o triunfo, deslizam através do mar de rostos, vozes e cor sob a luz em constante mudança.

De repente, uma dessas ciganas, usando um traje opala tremulante, apanha um coquetel no ar, toma-o em um só gole para ter coragem e, movendo as mãos como se estivesse em Frisco[6], dança sozinha na plataforma de lona. Um silêncio momentâneo; o maestro da orquestra muda seu ritmo para seguir o dela, e há uma explosão de conversa quando circula a falsa notícia de que ela é substituta de Gilda Gray no Follies[7]. A festa começou.

Acredito que, na primeira noite em que fui à casa de Gatsby, fui um dos poucos convidados que realmente havia sido convidado. As pessoas não eram convidadas. Elas iam até lá. Entravam em automóveis que as levavam até Long Island e, de alguma forma, acabavam na porta de Gatsby. Quando chegavam lá eram apresentadas por alguém que conhecia Gatsby e, depois disso, se comportavam de acordo com as regras de comportamento usadas em um parque de diversões. Às vezes essas pessoas iam e vinham sem conhecer Gatsby, vinham para a festa com uma simplicidade de coração que funcionava como seu ingresso.

Eu havia sido realmente convidado. Um chofer em um uniforme azul, da cor de um ovo de tordo, cruzou meu gramado naquela manhã de sábado com uma mensagem formal surpreendentemen-

---

6   Abreviação de São Francisco. Uma referência irônica aos terremotos, que são frequentes naquela região.

7   Um revista teatral da época, *Ziegfeld Follies*, produzida por Florenz Ziegfeld (1867-1932). Ficou décadas em cartaz em Nova York e Gilda Gray ocupava temporariamente os papéis principais.

te de seu patrão dizendo que Gatsby ficaria honrado se eu comparecesse à sua "festinha" naquela noite. Dizia também que ele já tinha me visto várias vezes e tinha a intenção de me visitar muito antes, mas uma combinação peculiar de circunstâncias havia o impedido de fazê-lo. A mensagem estava assinada pelo próprio Jay Gatsby, com uma caligrafia majestosa.

Vestindo um terno de flanela branca, fui até seu gramado um pouco depois das sete e fiquei andando bastante desconfortável entre redemoinhos e rodopios de pessoas que eu não conhecia. Embora aqui e ali houvesse um rosto que eu já havia notado no trem. Fiquei imediatamente impressionado com o número de jovens ingleses espalhados por ali; todos bem vestidos, todos parecendo um pouco famintos, e todos falando em voz baixa e grave com americanos sólidos e prósperos. Eu tinha certeza de que eles estavam vendendo algo: títulos, seguros ou automóveis. Pelo menos eles estavam desesperadamente cientes do dinheiro fácil nas proximidades e convencidos de que conseguiriam obtê-lo com algumas palavras no tom certo.

Assim que cheguei tentei encontrar meu anfitrião, mas as duas ou três pessoas a quem perguntei sobre o seu paradeiro olharam-me com tanto espanto e negaram com tanta veemência qualquer conhecimento dos seus movimentos que eu me esgueirei na direção da mesa de coquetéis. Era o único lugar no jardim onde um homem desacompanhado poderia permanecer sem parecer solitário e sem propósito. Eu estava prestes a ficar bêbado de pura vergonha quando Jordan Baker saiu da casa e ficou parada no topo da escada de mármore, inclinando-se um pouco para trás e olhando com desdém para o jardim.

Bem-vindo ou não, achei necessário ligar-me a alguém antes de começar a dirigir palavras cordiais aos estranhos que passavam.

– Olá! –disse com uma espécie de rugido enquanto avançava em direção a ela. Minha voz parecia estranhamente alta no jardim.

– Pensei que você poderia estar aqui – respondeu ela distraidamente quando eu subi. – Lembrei que você mora na casa ao lado.

Ela apertou minha mão de modo impessoal, como uma promessa de que cuidaria de mim em um minuto, e deu ouvidos a duas meninas em vestidos amarelos idênticos que pararam ao pé da escada.

– Olá! – disseram juntas. – Foi uma pena você não ter vencido.

Elas estavam se referindo ao torneio de golfe. Ela tinha perdido nas finais na semana anterior.

– Você não sabe quem somos – disse uma das garotas de amarelo –, mas nós a conhecemos aqui há cerca de um mês.

– Vocês tingiram o cabelo nesse período – comentou Jordan, e eu tive um sobressalto, mas as meninas já tinham saído dali e seu comentário perdeu-se à luz da lua produzida como o jantar, sem dúvida, saindo da cesta de um bufê. Com o braço dourado e esbelto de Jordan descansando no meu, descemos os degraus e passeamos pelo jardim. Uma bandeja de coquetéis flutuou até nós através do crepúsculo, e nos sentamos a uma mesa com as duas garotas de amarelo e três homens; cada um deles nos foi apresentado como o sr. Mumble.

– Vocês costumam vir a essas festas com frequência? – perguntou Jordan à garota ao lado dela.

– A última foi aquela em que a conhecemos – respondeu a garota, com uma voz desperta e confiante. Ela virou-se para sua companheira: – A festa não foi para você, Lucille?

Tinha sido para Lucille também.

– Gosto de vir aqui – disse Lucille. – Nunca me importo com o que faço, então sempre me divirto. Quando estive aqui da última vez, rasguei meu vestido em uma cadeira e ele pediu meu nome e endereço. Depois de uma semana, recebi um pacote da Croirier com um vestido de noite novo.

– Você aceitou? – perguntou Jordan.

– Claro que sim. Eu ia usá-lo esta noite, mas era muito grande no busto e precisei mandar para a costureira. É azul-claro com contas na cor lavanda. Custou duzentos e sessenta e cinco dólares.

– Há algo estranho sobre um sujeito que faz uma coisa dessas – disse a outra garota ansiosamente. – Ele não quer problemas com ninguém.

– Quem não quer problemas? – perguntei.

– Gatsby. Alguém me disse...

As duas meninas e Jordan se aproximaram em uma atitude confidencial.

– Alguém me contou que acham que ele matou um homem certa vez.

Um arrepio passou por todos nós. Os três senhores Mumbles inclinaram-se para a frente e ouviram com atenção.

– Não acho que seja isso – argumentou Lucille com ceticismo. – Acho que é porque ele era um espião alemão durante a guerra.

Um dos homens acenou com a cabeça em sinal de confirmação.

– Ouvi isso de um homem que sabia tudo sobre ele, que cresceu com ele na Alemanha – garantiu-nos com toda convicção.

– Ah, não – disse a primeira garota –, não pode ser isso, porque ele esteve no exército americano durante a guerra.

Quando ela percebeu que nos voltamos para ela, inclinou-se para a frente com entusiasmo.

– Olhem para ele quando ele pensa que ninguém o está observando. Aposto que ele matou um homem.

Ela apertou os olhos e estremeceu. Lucille estremeceu também. Todos nós viramos e procuramos por Gatsby. O testemunho da especulação romântica que ele inspirava era o fato de haver rumores sobre ele por parte daqueles que não conheciam o homem e não tinham o que falar dele neste mundo.

O primeiro jantar, pois haveria outro depois da meia-noite, estava sendo servido, e Jordan convidou-me para participar de seu próprio grupo, que estava espalhado ao redor de uma mesa do outro lado do jardim. Havia três casais e um acompanhante de Jordan, um universitário persistente que fazia insinuações violentas e obviamente tinha a impressão de que, mais cedo ou mais tarde, Jordan se entregaria a ele. Em vez de perambular, esse grupo tinha preservado uma homogeneidade digna e assumiu a função de representar a sóbria nobreza rural. East Egg estava tratando West Egg com condescendência e cuidadosamente prevenindo-se contra sua alegria espectroscópica.

– Vamos sair daqui – sussurrou Jordan, depois de meia hora inadequada e desperdiçada. – Isso é educado demais para mim.

Levantamo-nos e ela explicou ao grupo que iríamos procurar o anfitrião porque eu não tinha sido apresentado a ele e estava começando a ficar constrangido. O universitário acenou com a cabeça de forma cínica e melancólica.

O bar, onde procuramos primeiro, estava lotado, mas Gatsby não estava lá. Ela não conseguiu avistá-lo do topo da escada, e ele também não estava na varanda. Por acaso, tentamos uma porta de aparência imponente e entramos em uma biblioteca de teto alto em estilo gótico, com paredes revestidas de painéis de carvalho inglês esculpidos que provavelmente tinham sido transportados por completo de alguma mansão em ruínas do exterior.

Um homem corpulento, de meia-idade, com óculos enormes que o deixavam com aparência de uma coruja, estava sentado um tanto bêbado na beira de uma grande mesa, olhando com uma concentração indecisa para as prateleiras de livros. Assim que entramos, ele virou com entusiasmo e examinou Jordan da cabeça aos pés.

– O que você acha? – perguntou impetuosamente.

– Do quê?

Ele apontou com a mão em direção às prateleiras.

– Disso. Na verdade, você não precisa se preocupar em averiguar. Eu já verifiquei. Eles são reais.

– Os livros?

Ele confirmou.

– Absolutamente reais, tem páginas e tudo mais. Eu pensei que eles fossem feitos de um papelão durável. Na verdade, eles são absolutamente reais. Têm páginas e.... Olhe só! Eu vou lhe mostrar.

Tomando nosso ceticismo como certo, ele correu para as prateleiras e voltou com o Volume I das Palestras de Stoddard.

– Veja! – gritou triunfante. – É um material impresso genuíno. Isso me enganou. Este camarada é um perfeito Belasco[8]. É um triunfo. Que meticulosidade! Que realismo! Também sabia quando parar. Não cortava as páginas. Mas o que vocês querem aqui? O que estão esperando?

Ele tirou o livro das minhas mãos e o recolocou apressadamente na prateleira, murmurando que, se um tijolo fosse removido, a biblioteca inteira poderia desabar.

– Quem trouxe vocês? – perguntou. – Ou vocês simplesmente vieram? Eu fui trazido. A maioria das pessoas foi trazida.

---

8 David Belasco (1854-1931), dramaturgo e produtor teatral norte-americano.

Jordan olhou para ele, alegre, sem responder, mas com atenção.

– Fui trazido por uma mulher chamada Roosevelt – continuou ele. – Sra. Claud Roosevelt. Vocês a conhecem? Eu a conheci em algum lugar ontem à noite. Estou bêbado há cerca de uma semana e pensei que poderia ficar sóbrio se me sentasse em uma biblioteca.

– E funcionou?

– Um pouco, eu acho. Não posso dizer ainda. Só estou aqui há uma hora. Eu já falei a vocês sobre os livros? São reais. Eles são...

– Você nos contou.

Apertamos a mão dele com seriedade e saímos. Agora havia dança na plataforma de lona do jardim. Velhos puxando as garotas para frente e para trás em eternos círculos sem graça, casais com ares de superioridade agarrados tortuosamente, seguindo a dança da moda, mantendo-se nos cantos, e um grande número de meninas desacompanhadas dançando sozinhas ou aliviando, por alguns momentos, algum componente da orquestra do peso de tocar banjo ou percussão. Por volta da meia-noite, a euforia havia aumentado. Um célebre tenor cantou em italiano, uma contralto famosa cantou jazz e entre as apresentações algumas pessoas faziam "acrobacias" por todo o jardim, enquanto gargalhadas vazias e alegres subiam para o céu de verão. Duas gêmeas, artistas de teatro, que eram as garotas vestidas de amarelo, faziam uma representação de bebês fantasiadas, enquanto o champanhe era servido em taças maiores do que as tigelas usadas para limpar os dedos. A lua estava mais alta e, flutuando sobre o Estreito, havia um triângulo de barcos semelhante a escamas prateadas que parecia tremer um pouco ao som rígido e metálico dos banjos no gramado.

Eu ainda estava com Jordan Baker. Estávamos sentados à mesa com um homem mais ou menos da minha idade e uma garotinha barulhenta que, à menor provocação, se entregava a uma gargalhada incontrolável. Eu estava me divertindo agora. Tinha tomado duas taças de champanhe, e o cenário havia se transformado diante de meus olhos em algo significativo, rudimentar e profundo.

Em um intervalo entre as apresentações, o homem olhou para mim e sorriu.

– Seu rosto me parece familiar – disse ele educadamente. – Você não estava na Primeira Divisão durante a guerra?

– Ora, estava sim. Eu fazia parte da 28ª Divisão da Infantaria.

– Estive na 16ª divisão até junho de 1918. Eu sabia que já o tinha visto em algum lugar antes.

Conversamos por um momento sobre alguns pequenos vilarejos úmidos e cinzentos na França. Evidentemente ele morava ali perto, porque me disse que tinha acabado de comprar um hidroavião e ia experimentá-lo pela manhã.

– Quer ir comigo, meu velho? Perto da costa ao longo do Estreito.

– A que horas?

– A qualquer hora que for melhor para você.

Estava prestes a perguntar o nome dele quando Jordan olhou em volta e sorriu.

– Está se divertindo agora? – perguntou ela.

– Está muito melhor.

Voltei-me para o meu novo conhecido. – Esta é uma festa inusitada para mim. Eu nem conheço o anfitrião. Eu moro ali... – disse acenando com a mão para a cerca invisível à distância –, e este homem, Gatsby, mandou seu chofer me levar um convite.

Por um momento, ele olhou para mim como se não conseguisse entender.

– Eu sou Gatsby – disse ele de repente.

– O quê! – exclamei. – Ah, por favor, me perdoe.

– Pensei que você soubesse, meu velho. Acho que não sou um anfitrião muito bom.

Ele sorriu com compreensão... muito mais do que compreensão. Foi um daqueles raros sorrisos que passam segurança, que você encontra quatro ou cinco vezes na vida. Um sorriso que encarava, ou parecia encarar, o mundo todo por um instante, e então se concentrava em você com uma parcialidade irresistível a seu favor. Ele compreendia até o ponto em que você queria ser compreendido, acreditava em você como você gostaria de acreditar em si mesmo e lhe assegurava que tinha exatamente a impressão que você, no seu melhor, esperava transmitir. Exatamente naquele momento, ele desapareceu. Eu estava olhando para um jovem e elegante fanfarrão, um ou dois anos acima dos trinta, cuja elaborada formalidade de discurso chegava a ser absurda. Algum tempo antes de ele se apresentar, tive a forte impressão de que ele estava escolhendo as palavras com cuidado.

Quase no momento em que o sr. Gatsby se identificou, um mordomo correu em sua direção com a informação de que Chicago estava ligando para ele. Ele desculpou-se com uma pequena reverência para cada um de nós.

– Se você quiser qualquer coisa, é só pedir, meu velho – encorajou-me. – Com licença. Eu me juntarei a vocês mais tarde.

Quando ele se foi, voltei-me imediatamente para Jordan, constrangido, para assegurar-lhe minha surpresa. Eu esperava que o sr. Gatsby fosse uma pessoa corada e corpulenta em sua meia-idade.

– Quem é ele? – indaguei. – Você sabe?

– Ele é apenas um homem chamado Gatsby.

– Quero dizer, de onde ele é? E o que ele faz?

— Agora é você que está entrando no assunto — respondeu ela com um sorriso pálido.

— Bem, ele me disse uma vez que era de Oxford.

Um fundo escuro começou a tomar forma atrás dele, mas com o comentário seguinte dela desvaneceu-se.

— Mas não acredito.

— Por que não?

— Não sei — insistiu — só acho que ele não veio de lá.

Algo em seu tom me lembrou do "Acho que ele matou um homem" da outra garota e teve o efeito de estimular minha curiosidade. Eu teria aceitado sem questionar a informação de que Gatsby surgiu dos pântanos da Louisiana ou da parte mais baixa de East Side de Nova York. Isso seria compreensível. Porém, os jovens não saíam do nada, sem motivo algum, e compravam um palácio no Estreito de Long Island; pelo menos, em minha inexperiência provinciana, eu acreditava que isso não acontecia.

— De qualquer forma, ele dá grandes festas — disse Jordan, mudando de assunto com uma aversão urbana pelo concreto. — E eu gosto de festas grandes. São tão íntimas. Nas pequenas festas, não há privacidade.

Ouviu-se o estrondo de um bumbo e a voz do regente da orquestra ressoou subitamente acima do burburinho do jardim.

— Senhores e senhoras — gritou ele. — A pedido do sr. Gatsby, vamos tocar para vocês o último trabalho do sr. Vladmir Tostoff, que atraiu muita atenção no Carnegie Hall[9] no mês de maio passado. Se vocês leram os jornais, sabem que causou uma grande sensação.

Ele sorriu com condescendência jovial e acrescentou:

---

9   Sala de espetáculos teatrais e musicais mandada construir em 1886 pelo industrial e filantropo escocês-americano Andrew Carnegie (1835-1919), inaugurada em 1891.

– Uma sensação especial! – Diante disso, todos riram.

– A peça é conhecida – concluiu ele vigorosamente – como a História do Jazz no Mundo, de Vladmir Tostoff!

A natureza da composição do sr. Tostoff passou por mim sem que eu percebesse, pois assim que começou a ser tocada meus olhos caíram sobre Gatsby, parado sozinho nos degraus de mármore e olhando de um grupo para outro com olhos de aprovação. Sua pele bronzeada deixa seu rosto atraente e seu cabelo curto parecia ser aparado todos os dias. Eu não conseguia ver nada de sinistro nele. Eu me perguntei se o fato de ele não estar bebendo ajudava a afastá-lo dos convidados, pois me parecia que ele ficava mais discreto à medida que a euforia de todos aumentava. Quando a História do Jazz no Mundo acabou, algumas garotas deitaram a cabeça no ombro dos homens de uma forma infantil e alegre, enquanto outras fingiam desmaiar nos braços dos homens ou até mesmo em cima dos grupos, sabendo que alguém iria impedir sua queda; mas ninguém desmaiou nos braços de Gatsby, nenhuma garota de cabelo encaracolado deitou a cabeça no ombro de Gatsby e nenhum quarteto foi formado para cantar ao redor de Gatsby.

– Com licença.

De repente, o mordomo de Gatsby estava do nosso lado.

– Senhorita Baker? – perguntou. – Desculpe-me, mas o sr. Gatsby gostaria de falar com a senhorita em particular.

– Comigo? – disse surpresa.

– Sim, madame.

Ela se levantou devagar, erguendo as sobrancelhas para mim com espanto, e seguiu o mordomo em direção à casa. Notei que ela usava seu vestido de noite, assim como todos os seus vestidos, como roupas esportivas. Havia uma alegria em seus movimentos, como se ela tivesse aprendido a caminhar em campos de golfe em manhãs limpas e frescas.

Eu estava sozinho e eram quase duas horas. Por algum tempo, sons confusos e intrigantes saíram de um grande salão com muitas janelas que se projetava sobre o terraço. Evitando o universitário de Jordan, que agora estava envolvido em uma conversa obstétrica com duas coristas e que implorava para que eu me juntasse a ele; caminhei para dentro da casa.

A grande sala estava cheia de pessoas. Uma das garotas de amarelo tocava piano e ao lado dela estava uma jovem alta e ruiva de um coro famoso interpretando uma canção. Ela havia bebido uma quantidade razoável de champanhe, e enquanto cantava ela decidiu, inepta, que tudo era muito, muito triste porque ela não estava apenas cantando, estava chorando também. Sempre que havia uma pausa na canção, ela a enchia de soluços entrecortados e ofegantes, e então retomava a letra em um soprano trêmulo. As lágrimas escorriam pelo rosto, entretanto, não livremente, porque, quando entravam em contato com seus cílios pesadamente maquiados, elas assumiam uma cor de tinta e seguiam o resto do caminho em lentos riachos negros. Alguém sugeriu de forma bem-humorada que ela cantasse as notas que surgiam em seu rosto, ao que ela ergueu as mãos, afundou-se em uma cadeira e caiu em sono profundo.

– Ela brigou com um homem que diz ser marido dela – explicou uma garota ao meu lado.

Olhei ao redor. A maioria das mulheres que não tinham ido embora estava agora brigando com homens que diziam ser seus maridos. Até mesmo o grupo de Jordan e o quarteto de East Egg haviam sido divididos devido à discórdia entre as pessoas. Um dos homens falava com curiosa intensidade com uma jovem atriz, e sua esposa, depois de tentar rir da situação de forma digna e indiferente, entrou em colapso total e recorreu a ataques de flanco; em intervalos, ela aparecia repentinamente ao seu lado enfurecida e sibilava: "Você prometeu!" em seu ouvido.

A relutância em voltar para casa não se limitava aos homens teimosos. O salão estava atualmente ocupado por dois homens deploravelmente sóbrios com as esposas altamente indignadas. As esposas mostravam simpatia umas pela outra com uma voz ligeiramente mais alta do que o normal.

– Sempre que ele vê que estou me divertindo, ele quer ir para casa.

– Nunca ouvi nada tão egoísta na minha vida.

– Somos sempre os primeiros a sair.

– Nós também.

– Bem, somos quase os últimos esta noite – disse um dos homens timidamente. – A orquestra saiu há meia hora.

Apesar do consentimento das duas esposas de que tal malevolência estava além da credibilidade, a disputa terminou em uma pequena briga, e ambas foram levadas, esperneando, para fora da mansão.

Enquanto esperava meu chapéu no corredor, a porta da biblioteca abriu-se e Jordan Baker e Gatsby saíram juntos. Ele estava dizendo a última palavra para ela, mas o entusiasmo em suas maneiras se transformou abruptamente em formalidade quando várias pessoas se aproximaram dele para se despedirem.

O grupo de Jordan a estava chamando impacientemente da varanda, mas ela demorou um momento para despedir-se de mim.

– Acabei de ouvir a coisa mais surpreendente – sussurrou. – Quanto tempo ficamos lá?

– Cerca de uma hora.

– Foi... simplesmente surpreendente – repetiu distraidamente. – Mas eu jurei que não contaria e aqui estou provocando você.

Ela bocejou graciosamente na minha cara.

– Por favor, venha me visitar... Veja na lista telefônica... Procure pelo nome de sra. Sigourney Howard... Minha tia... – disse ela, acenando com sua mão morena, enquanto se afastava em direção a seu grupo, que estava junto à porta.

Um tanto envergonhado por ter ficado até tão tarde na minha primeira visita, juntei-me aos últimos convidados de Gatsby, que estavam agrupados em torno dele. Queria explicar que o havia procurado no início da noite e me desculpar por não tê-lo reconhecido no jardim.

– Não fale mais isso – pediu com voracidade. – Nem pense mais nisso, meu velho.

A expressão familiar não continha mais familiaridade do que a mão que acariciou meu ombro de forma reconfortante.

– E não esqueça que vamos voar no hidroavião amanhã de manhã, às nove horas.

Então o mordomo surgiu por detrás de seu ombro, dizendo:

– Filadélfia no telefone, senhor.

– Tudo bem, em um minuto. Diga a eles que já vou... Boa noite.

– Boa noite.

– Boa noite. – disse sorrindo e, de repente, parecia haver um significado agradável em ter sido um dos últimos a sair, como se ele desejasse isso o tempo todo. – Boa noite, meu velho... Boa noite.

Mas, ao descer as escadas, vi que a noite ainda não havia terminado. A quinze metros da porta, uma dúzia de faróis iluminava uma cena bizarra e tumultuada. Na valeta ao lado da estrada, com o lado direito para cima, violentamente desprovido de uma das rodas, estava um cupê novo que havia saído da casa de Gatsby menos de dois minutos antes. A extremidade de um muro explicava o desprendimento da roda, que agora estava recebendo considerável atenção de meia dúzia de motoristas curiosos. No entanto, como eles haviam deixado seus carros bloqueando a estrada, um barulho áspero e discordante dos que estavam atrás foi ouvido por algum tempo, aumentando a confusão da cena que já era violenta por si só.

Um homem com um casaco comprido havia saído dos destroços e estava agora no meio da estrada, olhando do carro para o pneu e do pneu para os observadores de uma forma agradável e intrigada.

– Vejam! – disse ele. – Caiu na valeta.

O fato era extraordinariamente surpreendente para ele, e eu logo reconheci a qualidade incomum de espantar-se daquele homem: era o mesmo senhor que encontramos na biblioteca de Gatsby.

– Como isso aconteceu?

Ele encolheu os ombros.

– Não entendo absolutamente nada de mecânica – disse ele com convicção.

– Mas como isso aconteceu? Você bateu no muro?

– Não me pergunte – disse o senhor Olhos de Coruja, querendo lavar as mãos sobre o assunto. – Sei muito pouco sobre guiar carros... quase nada. Aconteceu, e isso é tudo que sei.

– Bem, se você não é um bom motorista, não deveria dirigir à noite.

– Mas eu nem estava tentando – explicou ele indignado –, nem estava tentando.

Um silêncio espantoso caiu sobre os espectadores.

– Você quer se matar?

– Você teve sorte de ser apenas uma roda! Além de ser um mau motorista, não estava nem mesmo tentando dirigir!

– Você não entende – explicou o criminoso. – Eu não estava dirigindo. Há outro homem no carro.

Essa declaração causou espanto em todos, demonstrado por um longo "Ahhh!" enquanto a porta do cupê se abria lentamente. A multidão – agora era uma multidão – recuou involuntariamente, e quando a porta se abriu houve uma pausa fantasmagórica. Então, bem devagar, parte por parte, um indivíduo pálido e trêmulo saiu dos destroços, tateando o chão com um sapato de dança enorme. Ofuscado pelo clarão dos faróis e confuso pelo gemido incessante das buzinas, o fantasma ficou balançando por um momento antes de perceber o homem com o casaco comprido.

– Qual é o problema? – perguntou calmamente. – Acabou a gasolina?

– Olhem!

Meia dúzia de dedos apontou para a roda amputada. Ele olhou para ela por um momento e, então, olhou para cima como se suspeitasse que ela tivesse caído do céu.

– A roda caiu – explicou um dos presentes.

Ele concordou.

– A princípio, não percebi que havíamos parado.

Uma pausa. Então, respirando fundo e endireitando os ombros, ele comentou com uma voz determinada:

– Alguém poderia me dizer onde há um posto de gasolina?

Pelo menos uma dúzia de homens, alguns deles um pouco menos embriagados do que ele, explicou-lhe que a roda e o carro não eram mais unidos fisicamente.

– Afastem-se – sugeriu ele após um momento. – Coloquem a roda ao contrário.

– Mas a roda caiu!

Ele hesitou.

– Não custa nada tentar – disse ele.

As buzinas enfurecidas não paravam de tocar e eu me virei e cortei o gramado em direção à minha casa. Olhei para trás uma vez. Uma lua que parecia uma hóstia brilhava sobre a casa de Gatsby, tornando a noite agradável como antes e sobrevivendo às risadas e ao som de seu jardim, que ainda estava iluminado. Um vazio repentino parecia fluir agora das janelas e das grandes portas, deixando em completo isolamento a figura do anfitrião, que estava na varanda, com a mão erguida em um gesto formal de despedida.

...

Lendo o que escrevi até agora, vejo que dei a impressão de que os acontecimentos de três noites com várias semanas de intervalo foram tudo o que absorveu minha atenção. Ao contrário, eram eventos meramente casuais em um verão agitado e, até muito tempo depois, me absorveram infinitamente menos do que meus assuntos pessoais.

Eu trabalhava na maior parte do tempo. No início da manhã, o sol projetava minha sombra para o oeste enquanto eu corria pelos abismos brancos da parte baixa de Nova York até o Probity Trust. Eu conhecia os outros funcionários e jovens vendedores de títulos pelo primeiro nome e almoçava com eles em restaurantes escuros e lotados, comendo salsichas de porco, purê de batata e tomando café. Até tive um breve caso com uma garota que morava em Jersey City e trabalhava no departamento de contabilidade, mas o irmão dela começou a lançar olhares maldosos em minha direção, então, quando ela saiu de férias em julho, deixei que o namoro terminasse tranquilamente.

Normalmente eu jantava no Yale Club. Por algum motivo, esse era o momento mais sombrio do meu dia. Depois, eu subia para a biblioteca e estudava investimentos e títulos para uma hora de conscientização. Era comum haver alguns desordeiros no clube, mas eles nunca iam à biblioteca, então era um bom lugar para trabalhar. Depois disso, se a noite estivesse calma, eu caminhava pela Madison Avenue, passando pelo velho Murray Hill Hotel, e andava pela 33rd Street até a Pennsylvania Station.

Comecei a gostar de Nova York, de sua sensação atrevida e aventureira à noite, e da satisfação que a passagem constante de homens, mulheres e máquinas dá aos olhos inquietos. Gostava de subir a Quinta Avenida e escolher mulheres com aspecto romântico no meio da multidão e imaginar que em poucos minutos entraria na vida delas e ninguém jamais saberia ou desaprovaria. Às vezes, em minha mente, eu as seguia até o apartamento delas nas esquinas de ruas escondidas, e elas se viravam e sorriam para mim antes de desaparecerem por uma porta na escuridão cálida. No crepúsculo encantado da metrópole, sentia às vezes uma solidão assustadora que era sentida por outros, pobres jovens escriturários que vadiavam diante das janelas esperando até que fosse hora de um jantar solitário no restaurante; jovens escriturários no crepúsculo, desperdiçando os momentos mais pungentes da noite e da vida.

Novamente às oito horas, quando as alamedas escuras da 40th Street estavam repletas de táxis cheios de pessoas animadas, com destino ao distrito dos teatros, eu sentia um aperto no coração. As formas se juntavam dentro dos táxis enquanto esperavam, vozes cantavam, havia risos de piadas não ouvidas e cigarros acesos formavam círculos de luz ininteligíveis dentro do carro. Imaginando que eu também estava buscando aquela alegria e compartilhando sua emoção íntima, desejava-lhes boa sorte.

Por um tempo, perdi Jordan Baker de vista e, então, no meio do verão, tornei a encontrá-la. No começo, fiquei lisonjeado por ir a algum lugar com ela, porque ela era uma campeã de golfe e todos sabiam seu nome. Mas havia algo mais. Não estava realmente apaixonado, mas sentia uma espécie de curiosidade terna. O rosto entediado e arrogante que ela mostrava para o mundo escondia algo... a maioria das afetações eventualmente esconde algo, mesmo que não apareça no início. Um dia descobri o que era. Estávamos em uma festa em uma casa em Warwick, ela deixou um carro emprestado na chuva com a capota abaixada e depois disse que não havia feito isso. De repente me lembrei da história que tinha escutado sobre ela da qual não me lembrava naquela noite na casa de Daisy. Em seu primeiro grande torneio de golfe, houve uma briga que quase chegou aos jornais. Diziam que ela havia mudado a posição da bola na rodada final. A história chegou às proporções de um escândalo e, então, morreu. Um caddy, carregador de tacos de golfe, modificou sua declaração e a outra única testemunha admitiu que poderia ter se enganado. Porém, o incidente e o nome permaneceram juntos em minha mente.

Jordan Baker instintivamente evitava homens astutos e espertos; e agora percebi que isso acontecia porque ela se sentia mais segura em um avião no qual qualquer divergência de um código seria considerada impossível. Ela era irremediavelmente desonesta. Ela não conseguia suportar a desvantagem, e, dada sua falta de vontade, suponho que ela começou a lidar com subterfúgios quando era muito jovem, a fim de manter aquele sorriso frio e insolente voltado para o mundo e ainda assim satisfazer as demandas de seu corpo rígido e vigoroso.

Não fez diferença para mim. A desonestidade em uma mulher é algo que você nunca condena profundamente. Eu lamentei casualmente e depois esqueci. Foi nessa mesma festa que tivemos uma curiosa discussão sobre como dirigir um carro. Tudo começou porque ela passou tão perto de alguns trabalhadores que o para-choque encostou no botão do casaco de um deles.

– Você é uma péssima motorista – protestei. – Ou você toma mais cuidado ou não deve dirigir.

– Eu sou cuidadosa.

– Não, você não é.

– Bem, outras pessoas são – disse com indiferença.

– O que uma coisa tem a ver com a outra?

– Elas ficarão fora do meu caminho – insistiu. – São necessárias duas pessoas para causar um acidente.

– Suponha que você encontre alguém tão descuidado quanto você.

– Espero que isso nunca aconteça – respondeu ela. – Odeio pessoas descuidadas. É por isso que gosto de você.

Seus olhos acinzentados e cansados do sol olhavam fixamente para a frente, mas ela havia mudado deliberadamente nossa relação e, por um momento, pensei que a amava. Mas penso devagar e estou cheio de regras interiores que atuam como freios aos meus desejos, e eu sabia que primeiro tinha que me livrar definitivamente daquela confusão que deixei na minha cidade. Eu escrevia cartas uma vez por semana e as assinava: "Com amor, Nick", e tudo em que conseguia pensar era que, quando aquela garota jogava tênis, um leve bigode de suor aparecia em seu lábio superior. Mesmo assim, havia um vago acordo que precisava ser interrompido com muito tato antes que eu pudesse me sentir livre.

Todos suspeitamos ter pelo menos uma das virtudes cardeais, e esta é a minha: sou uma das poucas pessoas honestas que já conheci.

CAPÍTULO IV

Nas manhãs de domingo, enquanto os sinos da igreja tocavam nas aldeias ao longo da costa, muitos convidados e suas senhoras voltavam para a casa de Gatsby e conversavam alegremente em seu gramado.

– Ele é um contrabandista – diziam as jovens, em algum ponto do caminho entre os coquetéis que ele servia e as flores que enfeitavam a casa. – Uma vez, ele matou um homem que descobriu que era sobrinho de Von Hindenburg[10](9) e primo de segundo grau do diabo. Pegue uma rosa para mim, querido, e despeje a última gota naquele cálice de cristal.

Certa vez, escrevi nos espaços vazios de uma tabela de horários de trens o nome das pessoas que foram à casa de Gatsby naquele verão. É uma tabela antiga agora, está se desintegrando nas dobras, mas é possível ler o cabeçalho: "Esta tabela entra em vigor em 5 de julho de 1922". Mas ainda consigo ler os nomes em tom acinzentado, e eles lhe darão uma impressão melhor do que as minhas observações gerais sobre aqueles que aceitavam a hospitalidade de Gatsby e prestavam-lhe o tributo sutil de não saber absolutamente nada sobre ele.

Bem, de East Egg vinham os Chester Beckers e os Leeches, e um homem chamado Bunsen, que conheci em Yale, e o dr. Webster Civet, que morreu afogado no verão passado no Maine. Os Hornbeams e os Willie Voltaires, além de todo o clã chamado Blackbuck,

---

10 Paul von Beneckendorff und von Hindenburg (1847-1934), marechal e estadista alemão, vencedor dos russos na Batalha de Tannenberg (1914). Eleito Presidente da chamada República de Weimar em 1925, nomeou Adolf Hitler (1889-1945) como Chanceler do Reich em 1932.

que sempre se reunia em um canto e empinava o nariz como cabras para quem quer que se aproximasse. Tinha também os Ismays e os Chrysties (ou melhor, Hubert Auerbach e a esposa do sr. Chrystie), e Edgar Beaver, cujo cabelo, dizem, ficou branco como algodão em uma tarde de inverno sem nenhum motivo aparente.

Clarence Endive era de East Egg, pelo que me lembro. Ele veio apenas uma vez, usava calças de tênis brancas, e brigou com um vagabundo chamado Etty no jardim. De mais distante da ilha, vieram os Cheadles e os O. R. P. Schraeders, os Stonewall Jackson Abrams da Geórgia, os Fishguards e os Ripley Snells. Snell esteve lá três dias antes de ir para a penitenciária, tão bêbado que caiu no caminho de cascalho e o automóvel da sra. Ulysses Swett passou por cima de sua mão direita. Os Dancies também vieram; S. B. Whitebait, que tinha bem mais de sessenta anos; Maurice A. Flink; os Hammerheads; e Beluga, o importador de tabaco, e as garotas de Beluga.

De West Egg vieram os Poles e os Mulreadys, Cecil Roebuck e Cecil Schoen e Gulick, o senador do Estado, e Newton Orchid, que controlava a empresa Films Par Excellence; também vinham Eckhaust, Clyde Cohen, Don S. Schwartz (o filho) e Arthur McCarty, todos ligados à indústria cinematográfica de uma forma ou de outra. E os Catlips, os Bembergs e G. Earl Muldoon, irmão daquele Muldoon que depois estrangulou sua esposa. Da Fontano, o promotor teatral, também vinha, Ed Legros e James B. ("Rot-Gut") Ferret, os De Jongs e Ernest Lilly vinham para jogar, e quando Ferret andava pelo jardim isso significava que ele tinha perdido todo seu dinheiro e a Associated Traction teria de dar lucros no dia seguinte.

Um homem chamado Klipspringer frequentava a casa com tanta regularidade que ficou conhecido como "o pensionista" – duvido que ele tenha outra casa. Entre as pessoas relacionadas ao teatro estavam Gus Waize, Horace O'Donavan, Lester Myer, George Dukweed e Francis Bull. Também de Nova York vinham os Chromes, os Backhyssons, os Dennickers, Russel Betty e os Corrigans, os Kellehers e os Dewars, os Scullys e SW Belcher, os Smirkes e o jovem casal Quinn, divorciado agora, Henry L. Palmetto, que se suicidou ao saltar na frente de um trem do metrô na Times Square.

Benny McClenahan sempre chegava com quatro garotas. Elas nunca eram exatamente as mesmas, mas eram tão idênticas umas às outras que inevitavelmente parecia que já tinham estado lá antes. Esqueci o nome delas... Jaqueline, eu acho, ou então Consuela, ou Gloria ou Judy ou June, e o sobrenome delas era sempre um nome melodioso de flores e meses; ou ainda o nome mais sério dos grandes capitalistas americanos de quem, se fossem um pouco pressionadas, confessariam ser primas.

Além desses nomes, posso lembrar que Faustina O'Brien esteve lá pelo menos uma vez, além das garotas Baedeker e do jovem Brewer, que teve seu nariz ferido por um tiro na guerra; o sr. Albrucksburger e a srta. Haag, sua noiva; Ardita Fitz-Peters e sr. P. Jewett, que já tinha sido presidente da Legião Americana; a srta. Claudia Hip, com um homem que diziam ser seu chofer; e um príncipe de algum lugar, a quem chamávamos Duque, cujo nome esqueci, se é que algum dia o soube.

Todas essas pessoas frequentavam a casa de Gatsby no verão.

...

Às nove horas, em uma manhã no final de julho, o lindo carro de Gatsby veio pela estrada de pedras até a minha porta e tocou a buzina com uma melodia de três notas.

Era a primeira vez que me visitava, embora eu tivesse ido a duas de suas festas, voado em seu hidroavião e, depois de vários convites, frequentado várias vezes sua praia.

– Bom dia, meu velho. Hoje você vai almoçar comigo e pensei que poderíamos ir no mesmo carro.

Ele estava se equilibrando no painel lateral de seu carro[11][10] com aquela desenvoltura de movimento que é tão peculiarmente americana e que acontece, suponho, devido à ausência de levantamento de peso na juventude e, mais ainda, da graça disforme com que praticamos nossos jogos nervosos e esporádicos. Essa qualidade se revelava continuamente em seus modos meticulosos como se fosse ansiedade. Ele nunca ficava completamente parado; havia sempre um pé batendo em algum lugar ou o abrir e o fechar impaciente de uma mão.

Ele percebeu que eu estava olhando com admiração para seu carro.

– É bonito, não é, meu velho? – disse afastando-se para me dar uma visão melhor. – Você nunca tinha visto ele antes?

Eu já tinha visto. Todo mundo tinha visto aquele carro. Tinha uma cor creme vistosa, brilhante como níquel, alargado aqui e ali em seu comprimento monstruoso com compartimentos para chapéus, malas e caixas de ferramentas, protegido por um labirinto de para-brisas que refletiam uma dúzia de sóis. Sentados atrás de muitas camadas de vidro em uma espécie de estufa de couro verde, partimos para a cidade.

Eu tinha conversado com ele talvez meia dúzia de vezes no mês anterior e descobri, para minha decepção, que ele tinha pouco

---

11 Os automóveis daquela época tinham a carroceria estreita, com uma tábua ou prancha de metal disposta horizontalmente de cada lado, para ajudar a descer e evitar que a lama respingasse nos passageiros.

a dizer. Portanto, minha primeira impressão, a de que ele era uma pessoa de certa importância indefinida, aos poucos se desvaneceu e ele tornou-se simplesmente o proprietário de uma luxuosa hospedaria ao lado da minha casa.

E então veio aquele passeio desconcertante. Não tínhamos chegado à aldeia de West Egg quando Gatsby começou a deixar suas frases elegantes inacabadas e a bater indeciso no joelho de seu terno cor de caramelo.

– Olha aqui, meu velho – interrompeu ele de repente –, qual é a sua opinião sobre mim, afinal?

Um pouco atrapalhado, comecei a responder com as evasivas generalizadas que essa pergunta merece.

– Bem, vou lhe contar algo sobre a minha vida – interrompeu.

– Não quero que você tenha uma ideia errada de mim por causa de todas essas histórias que ouve.

Portanto, ele estava ciente das acusações bizarras que apimentavam as conversas nos corredores de sua mansão.

– Por Deus, vou lhe contar a verdade. – disse erguendo a mão direita de repente como se estivesse fazendo um juramento. – Sou filho de uma família rica do Centro-Oeste. Todos já estão mortos. Fui criado na América, mas estudei em Oxford, porque todos os meus ancestrais estudaram lá por muitos anos. É uma tradição familiar.

Ele observou-me pelo canto do olho e então percebi por que Jordan Baker acreditava que ele estava mentindo. Ele pronunciou rapidamente a frase "estudei em Oxford", ou engoliu as palavras, ou engasgou com elas, como se isso já o tivesse incomodado antes. E, com essa dúvida, toda a sua declaração se despedaçou, e eu me perguntei se, afinal, não havia nada de sinistro nele.

– Que parte do Centro-Oeste? – perguntei casualmente.

– São Francisco.

– Ah, sim.

Minha família morreu e herdei muito dinheiro.

Sua voz era solene, como se a memória daquela súbita extinção de um clã ainda o perseguisse. Por um momento, suspeitei de que ele estivesse brincando comigo, mas ao olhar para ele me convenci do contrário.

– Depois disso, vivi como um jovem rajá em todas as cidades da Europa: Paris, Veneza, Roma, colecionando joias, principalmente rubis, caçando animais grandes, pintando um pouco, só para mim mesmo, e tentando esquecer algo muito triste que me aconteceu há muito tempo.

Com esforço, consegui conter meu riso de incredulidade. As próprias frases estavam tão gastas que não evocavam nenhuma imagem, exceto a de um "personagem" com turbante, suando areia por todos os poros enquanto perseguia um tigre em Bois de Boulogne.

– Então veio a guerra, meu velho. Foi um grande alívio e tentei muito morrer, mas parecia que eu tinha uma vida encantada. Aceitei uma nomeação como primeiro-tenente no início da guerra. Na floresta Argonne, levei o restante do meu batalhão de metralhadores tão à frente que havia uma lacuna de oitocentos metros de cada lado onde a infantaria não conseguia avançar. Ficamos lá dois dias e duas noites, cento e trinta homens com dezesseis metralhadoras Lewis, e quando a infantaria finalmente apareceu eles encontraram a insígnia de três divisões alemãs entre as pilhas de mortos. Fui promovido a major e recebi condecoração de todos os governos aliados, até de Montenegro, o pequeno país Montenegro no mar Adriático!

O pequeno Montenegro! Ele jogou as palavras no ar e cumprimentou-as com um sorriso. O sorriso compreendia a história conturbada de Montenegro e simpatizava com as bravas lutas do povo montenegrino. Apreciava muito a cadeia de circunstâncias nacionais que tinham culminado nessa homenagem do caloroso país de Montenegro. Minha incredulidade transformou-se em fascínio agora... era como folhear uma dúzia de revistas com muita pressa.

Ele enfiou a mão no bolso e colocou na palma da minha mão um pedaço de metal preso a uma fita.

– Essa é a medalha de Montenegro.

Para minha surpresa, o objeto tinha uma aparência autêntica. "Orderi di Danilo", dizia a legenda circular, "Montenegro, Nicolas Rex".

– Vire-a.

Estava escrito: "Major Jay Gatsby", "Por Valor Extraordinário".

– Aqui está outra coisa que sempre carrego comigo. Uma lembrança dos dias de Oxford. Foi tirada em Trinity Quad. O homem à minha esquerda é agora o conde de Doncaster.

Era uma fotografia com meia dúzia de rapazes em blazers, bem à vontade sob uma arcada, por onde era possível ver uma série de torres. Lá estava Gatsby, parecendo um pouco mais jovem, mas não muito, com um taco de críquete na mão.

Então, era tudo verdade. Vi as peles de tigres flamejantes em seu palácio no Grande Canal; imaginei-o abrindo um baú cheio de rubis para consolar, com o brilho estontante das pedras, os tormentos do seu coração partido.

– Vou lhe fazer um grande pedido hoje – disse ele, colocando suas lembranças dentro do bolso com satisfação –, então pensei que você deveria saber algo sobre mim. Não queria que você pensasse que eu era um ninguém. Veja bem, eu geralmente passo o tempo entre estranhos porque fico vagando aqui e ali tentando esquecer as coisas tristes que aconteceram comigo.

Ele disse com hesitação:

– Você saberá de tudo esta tarde.

– No almoço?

– Não, esta tarde. Fiquei sabendo que você vai levar a srta. Baker para tomar chá.

– Você não está apaixonado pela srta. Baker, está?

– Não, meu velho, não estou. Mas a srta. Baker gentilmente consentiu em falar com você sobre esse assunto.

Eu não tinha a menor ideia do que era "esse assunto", mas estava mais aborrecido do que interessado. Não tinha convidado Jordan para tomar chá a fim de discutir assuntos do sr. Jay Gatsby. Tinha certeza de que o pedido que ele me faria seria algo totalmente inusitado e, por um momento, lamentei ter posto os pés em seu disputado gramado.

Ele não disse mais nenhuma palavra e sua formalidade foi aumentando conforme nos aproximávamos da cidade. Passamos por Port Roosevelt, de onde avistamos navios transatlânticos com uma faixa vermelha, e aceleramos ao passar por uma rua de paralelepípedos ladeada de salões escuros e cheios de clientes, com uma pintura dourada desbotada do início do século XX.

Então, o vale de cinzas se abriu em ambos os lados e, enquanto passávamos, pude observar a sra. Wilson operando a bomba do posto de gasolina com uma vitalidade ofegante.

Com os para-lamas abertos como asas, espalhamos luz por metade de Astória. Apenas pela metade, porque, enquanto contornávamos os pilares do elevado, ouvi o barulho familiar de uma motocicleta, e um policial frenético começou a andar ao nosso lado.

– Tudo bem, meu velho – gritou Gatsby. Diminuímos a velocidade. Tirando um cartão branco de sua carteira, ele o acenou diante dos olhos do homem.

– Está certo – concordou o policial, batendo os dedos na ponta do capacete. – Eu o reconhecerei da próxima vez, sr. Gatsby. Desculpe-me!

– O que foi isso? – perguntei. – A fotografia de Oxford?

– Uma vez prestei um favor ao comissário e, desde então, ele me envia um cartão de Natal todos os anos.

Cruzamos a grande ponte, com a luz do sol atravessando as vigas mestras fazendo com que uma luz trêmula passasse constantemente sobre os carros em movimento, com a cidade erguendo-se do outro lado do rio em montanhas brancas e torrões de açúcar, todos construídos com um desejo de dinheiro de origem duvidosa. Olhando da ponte Queensboro é como se estivéssemos vendo a cidade pela primeira vez, com sua promessa de mistério e toda beleza do mundo.

Um homem morto passou por nós em um carro fúnebre repleto de flores, seguido por duas carruagens com persianas fechadas e por carruagens que pareciam mais alegres com familiares e amigos. Eles nos contemplaram com seus olhos trágicos e lábios superiores finos característicos do sudeste da Europa; fiquei feliz que eles puderam ter a visão do esplêndido carro de Gatsby naquele dia sombrio. Ao cruzarmos a Ilha de Blackwell, uma limusine passou por nós, dirigida por um motorista branco, no qual estavam sentados três negros da moda, dois rapazes e uma garota. Dei uma gargalhada bem alta enquanto os olhos deles rolavam em nossa direção com uma rivalidade arrogante.

– Tudo pode acontecer agora que passamos sobre esta ponte – pensei. – Absolutamente tudo...

Até mesmo Gatsby poderia acontecer, sem nenhuma surpresa especial.

...

Meio-dia ruidoso. Em um porão bem ventilado da 42nd Street, encontrei Gatsby para almoçar. Meus olhos foram ofuscados pela claridade da rua lá fora, mas consegui identificá-lo na antessala conversando com outro homem.

– Senhor Carraway, este é meu amigo, sr. Wolfshiem.

Um judeu pequeno de nariz achatado levantou sua cabeça grande e me olhou entre os dois pelos que cresciam em cada uma das narinas. Depois de um momento, consegui encontrar seus pequenos olhos na penumbra.

– ... então, dei uma olhada nele – disse o sr. Wolfshiem, apertando minha mão seriamente –, e o que você acha que eu fiz?

– O quê? – perguntei educadamente.

Mas evidentemente ele não estava se dirigindo a mim, pois largou minha mão e voltou-se para Gatsby cobrindo-o com seu nariz expressivo.

– Entreguei o dinheiro a Katspaugh e disse: "Tudo bem, Katspaugh, não pague um centavo até que ele feche a boca".

Gatsby segurou um braço de cada um de nós e avançou para o restaurante, no qual o sr. Wolfshiem engoliu uma nova frase que estava começando a dizer e caiu em uma abstração sonâmbula.

– Highballs?[12] – perguntou o garçom.

– Este aqui é um bom restaurante – disse Wolfshiem olhando para as ninfas presbiterianas no teto. – Mas eu gosto mais daquele que fica do outro lado da rua!

– Sim, highballs – concordou Gatsby, e depois disse para o sr. Wolfshiem: – Está muito quente lá.

---

12   Drinque com gelo, uísque ou outra bebida forte misturado com água comum, soda ou água mineral e servido em um copo de pé comprido.

– Quente e pequeno, sim – disse o sr. Wolfshiem –, mas cheio de memórias.

– Que lugar é esse? – perguntei.

– O antigo Metrópole.

– O velho Metrópole – lamentou Wolfshiem com tristeza. – Cheio de rostos mortos e perdidos. Cheio de amigos que se foram para sempre. Não posso esquecer, não enquanto viver, a noite em que atiraram em Rosy Rosenthal lá. Estávamos em seis na mesa, e Rosy tinha comido e bebido muito durante a noite toda. Quase de manhã, o garçom aproximou-se dele com um olhar estranho e disse que alguém queria falar com ele lá fora. "Tudo bem", disse Rosy e começou a se levantar, e eu o puxei de volta para sua cadeira e disse a ele: "Deixe os bastardos entrarem aqui se quiserem, Rosy, mas, pelo amor de Deus, não saia desta sala". Eram quatro horas da manhã e, se tivéssemos levantado as cortinas, teríamos visto a luz do dia.

– Ele foi? – perguntei inocentemente.

– Claro que ele foi. – O nariz do sr. Wolfshiem virou-se para mim indignado. – Ele se virou na porta e disse: "Não deixe aquele garçom levar meu café!". Então, ele saiu na calçada, e os homens atiraram três vezes em sua barriga cheia e fugiram.

– Quatro deles foram eletrocutados – disse, lembrando-me do ocorrido.

– Cinco, com Becker. – disse. Suas narinas viraram-se para mim com bastante interesse.

– Se estou entendendo, você está procurando uma gonegsão comercial.

A justaposição dessas duas observações foi surpreendente. Gatsby respondeu por mim:

– Oh, não – exclamou ele –, este não é o homem.

– Não? – O sr. Wolfshiem parecia desapontado.

– Este é apenas um amigo. Eu disse a você que conversaríamos sobre isso outra hora.

– Desculpe-me – disse o sr. Wolfshiem –, pensei que você fosse outra pessoa.

Chegou um suculento picadinho de carne com batatas, e o sr. Wolfshiem, esquecendo-se da atmosfera mais sentimental do velho Metrópole, começou a comer com feroz delicadeza. Enquanto isso, seus olhos percorriam muito lentamente a sala – ele completou o arco virando-se para inspecionar as pessoas logo atrás. Acho que, exceto pela minha presença, ele teria dado uma rápida olhada até mesmo embaixo da nossa mesa.

– Olhe aqui, meu velho – disse Gatsby, inclinando-se para mim –, acho que deixei você um pouco bravo esta manhã no carro.

Lá estava o sorriso dele de novo, mas desta vez eu resisti a ele.

– Não gosto de mistérios – respondi –, e não entendo por que você não fala com franqueza e me diz o que quer. Por que tudo tem que ser resolvido por intermédio da srta. Baker?

– Ora, não é nada ilícito –assegurou-me ele. – A srta. Baker é uma grande esportista, você sabe, e ela nunca faria nada que não fosse certo.

De repente, ele olhou para o relógio, deu um salto e saiu correndo da sala, deixando-me com o sr. Wolfshiem à mesa.

– Ele tem que telefonar – disse Wolfshiem, seguindo-o com os olhos. – Excelente sujeito, não é? Além de ser bonito é um perfeito cavalheiro.

– Sim.

– Ele estudou em "Oggsford".

– Ah!

– Ele foi para a Universidade de "Oggsford", na Inglaterra. Já ouviu falar da Universidade de "Oggsford"?

– Já ouvi falar, sim.

– É uma das faculdades mais famosas do mundo.

– Você conhece Gatsby há muito tempo? – perguntei.

– Há vários anos – respondeu com satisfação. – Tive o prazer de conhecê-lo logo após a guerra. Depois de conversar com ele por uma hora eu sabia que tinha encontrado um homem de boa educação. Eu disse a mim mesmo: "Esse é o tipo de homem que você gostaria de levar para casa e apresentar a sua mãe e irmã" – disse fazendo uma pausa. – Vejo que você está olhando para minhas abotoaduras.

Eu não estava olhando para elas, mas olhei naquele instante. Eram feitas de peças de marfim estranhamente familiares.

– Os melhores espécimes de molares humanos – informou-me.

– Bem! – disse inspecionando-as. – É uma ideia muito interessante.

– Sim. – disse ele, e colocou as mangas embaixo do casaco novamente. – Sim, Gatsby é muito cuidadoso com as mulheres. Ele nunca olharia para a esposa de um amigo.

Quando o assunto dessa confiança instintiva voltou à mesa e sentou-se, o sr. Wolfshiem bebeu seu café em um só gole e levantou-se.

– Gostei muito do meu almoço – disse ele –, e vou fugir de vocês dois, meus jovens, porque meu tempo já acabou.

– Não se apresse, Meyer – disse Gatsby, sem entusiasmo. O sr. Wolfshiem ergueu a mão em uma espécie de bênção.

– Você é muito educado, mas pertenço a outra geração – respondeu ele solenemente. – Fiquem aí sentados e discutam sobre esportes e garotas e seus... ele mandou um substantivo imaginário com outro gesto de mão. – Quanto a mim, tenho cinquenta anos e não vou mais incomodá-los com minha presença.

Enquanto ele apertava nossas mãos e se virava para sair, seu trágico nariz tremia. Eu me perguntei se tinha dito algo que o ofendeu.

– Ele fica muito sentimental às vezes – explicou Gatsby. – Este é um de seus dias sentimentais. Ele é uma figura muito conhecida em Nova York, um frequentador de todas as peças da Broadway.

– Quem é ele, afinal, um ator?

– Não.

– Um dentista?

– Meyer Wolfshiem? Não, ele é um jogador. – Gatsby hesitou e então acrescentou, friamente: – Ele é o homem que arranjou o Campeonato Mundial de 1919.

– Arranjou o Campeonato Mundial? – repeti.

A ideia me surpreendeu. Lembrei-me, é claro, de que o Campeonato Mundial havia sido arranjado em 1919, mas, se eu tivesse pensado nisso, teria pensado nisso como uma coisa que simplesmente aconteceu, o fim de alguma cadeia de acontecimentos inevitáveis. Nunca me ocorreu que um homem pudesse começar a brincar com a fé de cinquenta milhões de pessoas com a mesma obstinação de um ladrão que explode um cofre.

– Como ele fez isso? – perguntei depois de um minuto.

– Ele aproveitou a oportunidade.

– Por que ele não está na prisão?

– Não conseguem pegá-lo, meu velho. Ele é um homem inteligente.

Insisti em pagar a conta. Quando o garçom trouxe meu troco, avistei Tom Buchanan do outro lado do salão lotado.

— Venha comigo por um minuto – disse. – Gostaria de cumprimentar uma pessoa.

Quando nos viu, Tom deu um salto da cadeira e meia dúzia de passos em nossa direção.

— Por onde você tem andado? – perguntou ansiosamente. – Daisy está furiosa porque você não telefonou.

— Este é o sr. Gatsby, sr. Buchanan.

Eles deram um breve aperto de mãos, e uma expressão tensa e estranha de constrangimento surgiu no rosto de Gatsby.

— Mas como você está, me conte? – perguntou Tom. – Por que veio comer tão longe?

— Vim almoçar com o sr. Gatsby.

Virei-me para o sr. Gatsby, mas ele não estava mais lá.

...

— Em um dia de outubro de 1917 – disse Jordan Baker naquela tarde, sentada bem ereta em uma cadeira reta no jardim de chá do Plaza Hotel –, eu estava andando de um lado para o outro, um pouco na calçada, um pouco no gramado. Sentia-me mais feliz no gramado porque estava usando sapatos ingleses com garras de borracha nas solas que se enfiavam no solo macio. Estava usando uma saia xadrez nova que balançava um pouco com o vento, e sempre que isso acontecia as bandeiras vermelhas, brancas e azuis hasteadas na frente de todas as casas pareciam dizer "nã-nã-nã-nã", como uma desaprovação.

— A maior das bandeiras e o maior dos gramados pertenciam à casa de Daisy Fay. Ela tinha apenas dezoito anos, dois anos mais velha que eu, e, de longe, era a mais popular de todas as garotas de

Louisville. Ela se vestia de branco, tinha um pequeno carro esporte também branco, e durante o dia inteiro o telefone tocava em sua casa e entusiasmados jovens oficiais de Camp Taylor solicitavam o privilégio de ter sua companhia naquela noite, "nem que fosse por uma hora!".

– Quando cheguei em frente à casa dela naquela manhã, seu carro branco estava estacionado no meio-fio, e ela estava sentada nele com um tenente que eu nunca tinha visto antes. Eles estavam tão absortos um no outro que ela só me viu quando cheguei a um metro e meio de distância. "Olá, Jordan", chamou-me inesperadamente. "Por favor, venha aqui".

– Fiquei lisonjeada por ela querer falar comigo, porque, de todas as garotas mais velhas, era ela quem eu mais admirava. Ela me perguntou se eu estava indo para a Cruz Vermelha para fazer curativos nos soldados e eu disse que sim. Bem, então, será que eu poderia avisá-los que ela não poderia comparecer naquele dia? Enquanto Daisy falava, o oficial olhava para ela de uma forma que toda jovem deseja ser olhada algum dia, e como me pareceu tão romântico nunca mais esqueci aquele incidente. O nome dele era Jay Gatsby, e eu não o vi novamente por mais de quatro anos. Mesmo depois que o conheci em Long Island, não percebi que era o mesmo homem.

– Isso foi em 1917. No ano seguinte, eu também tive alguns namorados e comecei a disputar torneios, então, não encontrava Daisy com muita frequência. Ela andava com uma turma um pouco mais velha quando queria sair com alguém. Circulavam alguns boatos maldosos sobre ela dizendo que sua mãe a encontrara fazendo a mala em uma noite de inverno para ir a Nova York despedir-se de um soldado que estava indo para a Europa. Ela foi efetivamente impedida de ir, mas ficou sem falar com sua família por várias semanas. Depois disso, ela parou de encontrar-se com outros soldados e saía apenas com alguns jovens de pés chatos e míopes que não podiam entrar no exército de jeito nenhum.

– No outono seguinte, ela estava alegre de novo, alegre como sempre. Ela debutou após o armistício e, em fevereiro, todos falavam que ela estava noiva de um homem de Nova Orleans. Em junho, ela casou-se com Tom Buchanan, de Chicago, com tamanha pompa e circunstância que Louisville jamais havia visto. Ele chegou com cem convidados em quatro vagões de trem fretados e alugou um andar inteiro do Muhlbach Hotel. Na véspera do casamento, deu a ela um colar de pérolas no valor de 350 mil dólares.

– Eu fui a dama de honra. Entrei em seu quarto meia hora antes do jantar nupcial e a encontrei deitada em sua cama tão linda quanto uma noite de junho em seu vestido florido e completamente bêbada. Ela segurava uma garrafa de Sauterne em uma mão e uma carta na outra. "Me dê os parabéns", murmurou. "Nunca bebi antes, mas como é gostoso". Então, perguntei: Qual é o problema, Daisy?

– Eu estava com medo, posso dizer; nunca tinha visto uma garota assim antes. Ela me disse: "Pegue aqui, queída". Ela tateou a cesta de lixo que tinha colocado em cima da cama e puxou o colar de pérolas. "Leve-o lá para baixo e devolva-o a quem ele pertence. Diga a todos que Daisy mudou de ideia. Diga: "Daisy mudou de ideia!".

– Ela começou a chorar... chorou e chorou. Corri para fora e encontrei a empregada da mãe dela, fechamos a porta e a colocamos para tomar um banho frio. Ela não largava a carta. Ela a levou para a banheira e a espremeu até formar uma bola úmida, e só me deixou colocá-la na saboneteira quando viu que estava se despedaçando como flocos de neve.

— Não disse mais nada. Fizemos com que ela respirasse sais de amônia, colocamos gelo em sua testa e a pusemos de volta no vestido; meia hora depois, quando saímos do seu quarto, as pérolas estavam em seu pescoço e o incidente havia terminado. No dia seguinte às cinco horas ela casou-se com Tom Buchanan sem nem mesmo estremecer e começou uma viagem de três meses pelo mares do sul.

— Eu os encontrei em Santa Bárbara quando voltaram e pensei que nunca tinha visto uma garota tão apaixonada por seu marido. Se ele saísse da sala por um minuto, ela olhava em volta inquieta e dizia: "Para onde foi Tom?", e depois ficava com uma expressão ausente até que ele voltasse. Ela costumava se sentar na areia com a cabeça dele em seu colo por horas, esfregando os dedos sobre as pálpebras dele e admirando-o com um ar de encantamento. Era comovente vê-los juntos. Eu tinha vontade de rir silenciosamente e ficava fascinada. Isso foi em agosto. Uma semana depois de eu deixar Santa Bárbara, Tom bateu em um caminhão na estrada de Ventura uma noite e a roda dianteira de seu carro foi arrancada. A garota que estava com ele apareceu nos jornais também, porque ela quebrou o braço. Era uma das camareiras do Hotel Santa Bárbara.

— No mês de abril seguinte, Daisy teve sua filhinha, e foram passar um ano na França. Eu os vi na primavera em Cannes, e depois em Deauville, e então eles voltaram para viver em Chicago. Como você sabe, Daisy era bastante conhecida em Chicago. Eles conviviam com um turma da pesada, todos eles jovens, ricos e desordeiros, mas ela manteve uma reputação absolutamente perfeita. Talvez porque ela não se embriagava. É uma grande vantagem não beber entre pessoas que bebem muito. Você pode segurar sua língua ou até cometer uma pequena irregularidade quando todos estiverem cegos de tanto beber porque ninguém se importa com nada. Talvez Daisy nunca tenha tido um amante... mas existe alguma coisa na voz dela que...

– Bem, cerca de seis semanas atrás, ela ouviu o nome Gatsby pela primeira vez em anos. Foi quando eu perguntei a você se conhecia Gatsby de West Egg. Lembra? Depois que você foi para casa, ela entrou no meu quarto, me acordou e disse: "Que Gatsby?". Quando eu o descrevi, estava meio adormecida, ela disse com uma voz estranha que devia ser o homem que ela havia conhecido. Foi só então que conectei este Gatsby com o oficial que eu havia visto em seu pequeno carro branco.

...

Quando Jordan Baker acabou de contar tudo isso, já fazia meia hora que tínhamos deixado o Plaza e estávamos passeando de charrete no Central Park. O sol havia se posto atrás dos apartamentos altos das estrelas de cinema a oeste da 50th Street e as vozes claras de crianças reunidas como grilos na grama surgiram no crepúsculo quente:

> *"Sou o Sheik da Arábia.*
> *Seu amor conquistarei.*
> *À noite, quando dormires,*
> *em sua tenda entrarei".*

– Foi uma estranha coincidência – disse.
– Não foi coincidência.
– Por que não?

– Gatsby comprou aquela casa porque sabia que Daisy morava do outro lado da baía.

Então, não eram apenas as estrelas que ele contemplava naquela noite de junho. Nesse momento, ele me pareceu muito mais vivo, repentinamente livre de todo seu esplendor sem propósito.

– Ele quer saber – continuou Jordan – se você poderia convidar Daisy para ir à sua casa uma tarde e permitir que ele também fosse.

A modéstia do pedido me abalou. Ele esperou cinco anos e comprou uma mansão, na qual distribuía a luz das estrelas para mariposas casuais, para que pudesse "ter a permissão de vir" ao jardim de um estranho em uma tarde qualquer.

– Eu tinha que saber de tudo isso antes que ele pudesse pedir uma coisa tão pequena?

– Ele tem medo porque já esperou tanto. Ele achou que você poderia sentir-se ofendido. Você sabe, apesar de toda pompa, ele é uma pessoa simples.

Algo me preocupava.

– Por que ele não pediu para você marcar um encontro?

– Ele quer que ela veja a casa dele – explicou. – E sua casa fica bem ao lado

– Ah! Entendi.

– Acho que ele tinha alguma esperança de que ela viesse a uma de suas festas algum dia – continuou Jordan –, mas ela nunca o fez. Então, ele começou a perguntar às pessoas casualmente se elas a conheciam, e eu fui a primeira que ele encontrou. Foi naquela noite que ele me convidou para o baile; e você precisava ter ouvido a maneira elaborada como ele se preparou para abordar o assunto. Claro, eu imediatamente sugeri um almoço em Nova York e pensei que ele tivesse enlouquecido porque ele respondeu: "Não quero fazer nada que não seja correto! Quero encontrá-la perto de casa, como se fosse por acaso".

– Quando eu disse que você era um amigo particular de Tom, ele começou a abandonar a ideia. Ele não sabe muito sobre Tom, embora tenha me dito que leu um jornal de Chicago por anos apenas pela chance de dar uma olhada no nome de Daisy.

Estava escuro agora e, quando passamos embaixo de uma pequena ponte, coloquei meu braço em volta do ombro dourado de Jordan, puxei-a para mim e a convidei para jantar. De repente, eu não estava mais pensando em Daisy e Gatsby, mas nesta pessoa clara, dura e limitada que convivia com o ceticismo universal e que agora inclinava-se com alegria dentro do círculo do meu braço. Uma frase começou a martelar em meus ouvidos com uma espécie de empolgação inebriante: "Existem apenas os perseguidos, os perseguidores, os ativos e os exaustos".

– E Daisy precisa ter algo em sua vida – murmurou Jordan para mim.

– Ela quer ver Gatsby?

– Ela não deve saber nada sobre isso. Gatsby não quer que ela saiba. Você só deveria convidá-la para tomar um chá em sua casa.

Passamos por uma barreira de árvores escuras e, em seguida, pelas fachadas da 59th Street, um bloco de luz pálida e delicada brilhava sobre o parque. Ao contrário de Gatsby e Tom Buchanan, eu não tinha nenhum fantasma de uma garota flutuando ao longo das cornijas escuras e sinais de neon, então, puxei a garota ao meu lado, apertando-a em meus braços. Ela deu um sorriso pálido e desdenhoso, e desta vez eu a puxei para mais perto do meu rosto.

CAPÍTULO V

Quando voltei para casa em West Egg naquela noite, por um momento, tive medo de que minha casa estivesse pegando fogo. Eram duas horas da manhã e todo o canto da península tinha um brilho imenso que caía de modo irreal sobre os arbustos e fazia reflexos finos e alongados nas margens da estrada. Virando a esquina, vi que era a casa de Gatsby, iluminada de uma torre a outra.

A princípio pensei que fosse outra festa, uma comemoração selvagem que se transformara em uma brincadeira de "esconde-esconde" ou qualquer outro jogo com a casa toda aberta. Mas não havia nenhum som. Apenas o vento nas árvores, que balançavam os fios dando a impressão de que as luzes se apagavam e se acendiam novamente como se a casa estivesse piscando na escuridão. Enquanto meu táxi se afastava resmungando, vi Gatsby caminhando em minha direção pelo gramado.

– Sua casa parece a Feira Mundial de Nova York – disse.

– Você acha? – disse ele voltando os olhos para a mansão distraidamente. – Eu estava dando uma olhada em alguns dos quartos. Vamos para Coney Island, meu velho. No meu carro.

– É muito tarde.

– Bem, então vamos dar um mergulho na piscina? Não fiz isso durante todo o verão.

– Tenho que ir para a cama.

– Tudo bem, então.

Ele esperou, olhando para mim com sua ansiedade reprimida.

– Conversei com a srta. Baker – disse depois de um momento. – Vou telefonar para Daisy amanhã e convidá-la para vir aqui tomar um chá.

– Ah, tudo bem – disse ele como se não estivesse preocupado. – Não quero incomodá-lo.

– Que dia seria adequado para você?

– Que dia seria adequado para você? – corrigiu-me ele rapidamente. – Não quero incomodá-lo.

– Que tal depois de amanhã?

Ele pensou por um momento. Então, disse com relutância:

– Gostaria de cortar a grama.

Nós dois olhamos para a grama... havia uma linha nítida onde meu gramado irregular terminava e começava a extensão mais escura e bem cuidada dele. Suspeitei de que ele se referia à minha grama.

– Tem outra coisinha – disse ele, um tanto hesitante.

– Você prefere adiar por alguns dias? – perguntei.

– Oh, não é isso. Pelo menos... – Ele ficou todo atrapalhado e tentou começar várias frases.

– Bem, eu pensei... Ora, escute aqui, meu velho, você não ganha muito, ganha?

– Não, não ganho muito.

Isso pareceu tranquilizá-lo e ele continuou com mais confiança.

– Achei que não, desculpe-me. Eu mantenho um pequeno negócio à parte, uma espécie de empresa secundária, você entende? E eu pensei que, já que você não ganha muito... você está vendendo títulos, não é, meu velho?

– Tentando.

– Bem, achei que isso seria do seu interesse. Não tomaria muito do seu tempo e você poderia ganhar um bom dinheiro. Acontece que é um tipo de coisa bastante confidencial.

Percebo agora que, em outras circunstâncias, aquela conversa pode ter sido uma das crises da minha vida. Mas, como a oferta era obviamente o pagamento por um serviço a ser prestado, não tive escolha a não ser interromper o assunto ali.

– Estou com meu tempo todo ocupado – disse. – Fico muito agradecido, mas não conseguiria ter um trabalho extra.

– Você não teria que fazer nenhum negócio com Wolfshiem.

Evidentemente, ele pensou que eu estava evitando a gonegsão mencionada no almoço, mas assegurei-lhe que estava errado. Ele aguardou um pouco mais, esperando que eu iniciasse uma conversa, mas percebeu que eu estava muito distraído para responder e, então, foi para casa a contragosto.

A noite me deixou com a cabeça leve e feliz; acho que entrei em um sono profundo no momento em que entrei pela porta da frente. Então, não sei se Gatsby foi ou não para Coney Island, ou por quantas horas ele "inspecionou alguns quartos" enquanto sua casa reluzia de maneira espalhafatosa. Telefonei para Daisy do escritório na manhã seguinte e a convidei para tomar um chá.

– Não traga o Tom – avisei.

– O quê?

– Não traga o Tom.

– Quem é "Tom"? – perguntou usando um tom de inocência.

No dia combinado, estava chovendo torrencialmente. Às onze horas, um homem com uma capa de chuva, arrastando um cortador de grama, bateu na minha porta e disse que o sr. Gatsby o havia enviado para cortar minha grama. Isso me fez lembrar que eu tinha esquecido de dizer à minha finlandesa para que viesse trabalhar aquele dia, então, dirigi até o vilarejo de West Egg para procurá-la entre becos enlameados e caiados de branco e comprar algumas xícaras, limões e flores.

As flores acabaram sendo desnecessárias, pois às duas horas chegou uma estufa da casa de Gatsby, com inúmeros vasos para colocar as flores. Uma hora depois, a porta da frente foi aberta com bastante nervosismo por Gatsby, que entrou apressado, vestindo um terno de flanela branca, camisa cor de prata e gravata dourada. Estava pálido e tinhas olheiras bem escuras sob seus olhos indicando insônia.

– Está tudo bem? – perguntou imediatamente.

– A grama parece boa, se é isso que você quer dizer.

– Que grama? – perguntou inexpressivamente. – Ah, a grama no quintal.

Ele olhou pela janela, mas, a julgar por sua expressão, não acredito que tenha visto nada.

– Parece muito boa – comentou ele vagamente. – Um dos jornais disse que achava que a chuva pararia por volta das quatro. Acho que foi o The Journal. Você tem tudo que precisa para... para o chá?

Levei-o até a despensa, onde ele olhou com um pouco de reprovação para minha finlandesa. Juntos, examinamos os doze bolinhos de limão que eu havia trazido da confeitaria.

– Acha que serão suficientes? – perguntei.

– É claro, é claro! Estão ótimos – acrescentou vagamente –, meu velho.

A chuva parou por volta das três e meia, transformando-se em uma névoa úmida, pela qual gotas finas ocasionais nadavam como orvalho. Gatsby observava com um olhar vago uma cópia do livro

Economia, de Clay, estremecendo ao ouvir os passos da finlandesa que sacudiam o chão da cozinha e olhando para as janelas embaçadas de vez em quando como se uma série de acontecimentos invisíveis, mas alarmantes, estivessem ocorrendo do lado de fora. Por fim, ele levantou-se e informou-me com uma voz insegura que estava indo para casa.

– Por quê?

– Ninguém vem para o chá. É tarde demais! – disse olhando para o relógio como se tivesse algum compromisso urgente em outro lugar. – Não posso esperar o dia todo.

– Não seja bobo; faltam apenas dois minutos para as quatro.

Ele sentou-se lastimando, como se eu o tivesse empurrado, e ao mesmo tempo ouvimos o som de um motor entrando no meu jardim. Levantamos os dois com um salto e, um pouco angustiado, saí para o quintal.

Sob as árvores lilases nuas e gotejantes, um carro grande e aberto subia pela estradinha. Parou. O rosto de Daisy, inclinado para o lado sob um chapéu de três pontas lilás, olhou para mim com um sorriso brilhante e extasiado.

– É exatamente aqui que você mora, meu queridíssimo?

A ondulação estimulante de sua voz era um tônico estimulante na chuva. Tive que seguir o som por um momento, para cima e para baixo, apenas com meu ouvido, antes que pudesse dizer qualquer palavra. Uma mecha úmida de cabelo caía como um traço de tinta azul em seu rosto, e sua mão estava molhada com gotas brilhantes quando a segurei para ajudá-la a sair do carro.

– Você está apaixonado por mim? – disse ela baixinho no meu ouvido – ou, então, por que tive que vir sozinha?

– Esse é o segredo do Castelo Rackrent[13]. Diga ao seu chofer para dar umas voltas e passar aqui daqui uma hora.

– Volte em uma hora, Ferdie. – Então, em um murmúrio em tom grave, ela disse: – O nome dele é Ferdie.

– A gasolina afeta o nariz dele?

– Acho que não – disse ela inocentemente. – Por quê?

Entramos. Para minha grande surpresa, a sala de estar estava deserta.

– Ora, isso é engraçado – exclamei.

– O que é engraçado?

Ela virou a cabeça quando ouviu uma leve batida cheia de dignidade na porta da frente. Eu saí e abri. Lá estava Gatsby, pálido como a morte, com as mãos enfiadas como pesos nos bolsos do casaco, estava parado em uma poça d'água olhando para meus olhos de modo trágico.

Com as mãos ainda nos bolsos do casaco, ele passou por mim e caminhou até o corredor, virou-se bruscamente como se estivesse preso em um arame e desapareceu na sala de estar. Não foi nem um pouco engraçado. Consciente das batidas fortes do meu próprio coração, fechei a porta contra a chuva, que ficava mais forte.

Por meio minuto não houve um único som. Então, da sala de estar, ouvi uma espécie de murmúrio engasgado e parte de uma risada, seguido pela voz de Daisy em uma nota clara e artificial:

– Estou muito feliz em vê-lo novamente.

Uma pausa cuja duração parecia interminável. Eu não tinha nada para fazer na varanda, então, entrei na sala.

Gatsby, ainda com as mãos enfiadas nos bolsos, estava reclina-

---

13   Alusão ao romance *O Castelo Rackrent*, em que a escritora inglesa Maria Edgeworth (1767-1849) descreve as condições da vida rural irlandesa.

do contra a cornija da lareira em uma simulação tensa de perfeita tranquilidade, até mesmo de tédio. Sua cabeça estava tão inclinada para trás que encostava no mostrador de um antigo relógio na lareira; e, dessa posição, seus olhos perturbados contemplavam Daisy, que estava sentada, assustada mas graciosa, na beira de uma cadeira de assento duro.

– Já nos encontramos antes – murmurou Gatsby. Seus olhos olharam momentaneamente para mim, e seus lábios se separaram em uma tentativa abortada de rir. Felizmente, o relógio aproveitou esse momento para se inclinar perigosamente com a pressão de sua cabeça, ao que ele se virou e o pegou com os dedos trêmulos, colocando-o de volta no lugar. Então, ele sentou-se, rígido, o cotovelo apoiado no braço do sofá e o queixo na mão.

– Desculpe-me pelo relógio – disse.

Nesse momento, meu rosto ficou tão corado que eu parecia ter ganhado um bronzeado tropical. Não conseguia encontrar um único lugar comum entre os milhares que estavam na minha cabeça.

– É um relógio antigo – disse a eles como um perfeito idiota.

Acho que todos nós acreditamos por um momento que ele havia se espatifado no chão.

– Não nos encontramos há muitos anos – disse Daisy, com a voz mais casual que poderia ter.

– Cinco anos em novembro próximo.

O tom automático da resposta de Gatsby nos fez ficar em silêncio por pelo menos mais um minuto. Pedi aos dois que se levantassem com a sugestão desesperada de que me ajudassem a fazer chá na cozinha quando a demoníaca finlandesa o trouxe em uma bandeja.

Em meio à bem-vinda confusão de xícaras e bolos, uma certa calmaria física se estabeleceu. Gatsby ficou em um canto mais escuro e, enquanto Daisy e eu conversávamos, ele olhava meticulosamente de um para o outro com olhos tensos e infelizes. No entanto, como a calma não era nosso objetivo, dei uma desculpa no primeiro momento possível e levantei-me.

– Aonde você vai? – perguntou Gatsby alarmado.

– Eu volto já.

– Tenho que lhe falar uma coisa antes que você saia.

Ele me seguiu descontroladamente até a cozinha, fechou a porta e sussurrou: "Ah, meu Deus!", de uma forma dramática.

– Qual é o problema?

– Tudo isso é um erro terrível – disse ele, balançando a cabeça de um lado para o outro –, um erro terrível, terrível.

– Você só está com vergonha, só isso – e, felizmente, acrescentei: – Daisy também está com vergonha.

– Ela está com vergonha? – repetiu incrédulo.

– Tanto quanto você.

– Não fale tão alto.

– Você está agindo como um garotinho – interrompi impaciente. – E não é só isso, você está sendo grosseiro. Daisy está sentada lá sozinha.

Ele levantou a mão para interromper minhas palavras, olhou-me com uma reprovação inesquecível, e, abrindo a porta com cuidado, voltou para a sala.

Saí pelos fundos, exatamente como Gatsby fizera quando fez seu circuito nervoso pela casa meia hora antes, e corri para uma enorme árvore negra cheia de nós, cujas folhas formavam uma espécie de proteção contra a chuva. Mais uma vez chovia forte, e meu gramado irregular, bem podado pelo jardineiro de Gatsby, tinha várias pequenas poças lamacentas e pântanos pré-históricos.

Embaixo da árvore, não havia nada para fazer, exceto olhar para a mansão de Gatsby, então eu a contemplei, como Kant[14] fez com sua torre da igreja, por meia hora. Um fabricante de cerveja tinha construído a mansão no início da década anterior, e contava-se uma história que ele queria pagar cinco anos de impostos para as casas vizinhas se os proprietários concordassem em cobrir seus telhados com palha. Talvez a recusa deles fez com que desistisse de seu plano de formar uma família e ele entrou em declínio imediato. Seus filhos venderam a casa com a coroa funerária ainda pendurada na porta. Os americanos, embora dispostos e até ansiosos de servirem alguém, sempre foram obstinados em serem camponeses.

Depois de meia hora, o sol brilhou novamente, e o automóvel do dono da mercearia contornou a garagem de Gatsby com a matéria-prima para o jantar de seus criados. Eu tinha certeza de que ele não conseguiria comer uma garfada. Uma empregada começou a abrir as janelas superiores de sua casa, apareceu por alguns minutos em cada uma delas e, inclinando-se no grande peitoril da sacada principal, cuspiu filosoficamente no jardim. Já era hora de voltar. A chuva continuava, assim como o murmúrio de suas vozes, que se elevavam e cresciam aos poucos de acordo com as emoções. Porém, houve um período de longo silêncio que também envolveu toda a casa.

Eu entrei, depois de fazer todos os ruídos possíveis na cozinha, exceto derrubar o fogão, mas não acredito que tenham ouvido um único som. Eles estavam sentados, um em cada ponta do sofá, olhando um para o outro como se alguma pergunta tivesse sido feita ou estivesse pairando no ar, e todo vestígio de constrangimento

---

14   Immanuel Kant (1724-1804), filósofo alemão, crítico e ensaísta filiado ao idealismo.

havia sumido. O rosto de Daisy estava manchado de lágrimas e, quando entrei, ela deu um pulo e começou a limpá-lo com o lenço diante de um espelho. Mas houve uma mudança em Gatsby que era simplesmente espantosa. Ele literalmente brilhava, sem dizer uma palavra nem fazer um gesto de euforia, um novo bem-estar irradiava dele e encheu a pequena sala.

– Olá, meu velho – disse ele, como se não me visse há anos. Por um momento, pensei que ele fosse apertar minha mão.

– Parou de chover.

– Ah, parou? – Quando ele percebeu do que eu estava falando, que havia reflexos cintilantes do sol na sala, sorriu como um meteorologista, como se fosse responsável pelo retorno da luz, e repetiu a notícia para Daisy. – O que você acha disso? Parou de chover.

– Fico feliz, Jay.

A garganta dela, cheia de uma beleza dolorida e trágica, falava apenas de sua alegria inesperada.

– Quero que você e Daisy venham à minha casa – disse ele. – Gostaria de mostrar o local a ela.

– Você tem certeza de que quer que eu vá?

– Com certeza, meu velho.

Daisy subiu para lavar o rosto... tarde demais, pensei com vergonha nas minhas toalhas. Gatsby e eu ficamos esperando no jardim.

– Minha casa tem uma boa aparência, não tem? – perguntou. – Veja como toda a frente reflete a luz.

Concordei que era esplêndida.

– Sim –confirmou. Seus olhos examinaram tudo, cada porta em arco e cada torre quadrada. – Levei apenas três anos para ganhar o dinheiro que precisava para comprá-la.

– Achei que você tivesse herdado seu dinheiro.

– Sim, meu velho – disse ele automaticamente –, mas perdi a maior parte no grande pânico financeiro, provocado pela guerra.

Acho que ele mal sabia o que estava dizendo, pois, quando lhe perguntei em que negócio estava, ele respondeu: "Isso é problema meu", antes de perceber que não era uma resposta apropriada.

– Oh, já trabalhei em várias coisas – disse tentando se corrigir. – Já trabalhei na indústria farmacêutica e depois na petroleira. Mas agora não estou em nenhuma delas.

Ele me olhou com mais atenção.

– Quer dizer que você tem pensado sobre o que lhe propus na outra noite?

Antes que eu pudesse responder, Daisy saiu da casa e as duas fileiras de botões de bronze em seu vestido brilharam ao sol.

– Sua casa é aquele lugar enorme ali? – gritou, apontando para o local.

– Você gostou?

– Adorei, mas não entendo como você consegue morar lá sozinho.

– Sempre mantenho a casa cheia de gente interessante, noite e dia. Pessoas que fazem coisas interessantes. Pessoas famosas.

Em vez de pegar o atalho ao longo do Estreito, descemos a estrada e entramos pelo grande portão dos fundos. Com murmúrios que demonstravam seu encantamento, Daisy admirou este ou aquele aspecto da silhueta feudal contra o céu, admirou os jardins, o cheiro cintilante dos junquilhos, o perfume das flores do espinheiro e da ameixeira e o cheiro de ouro pálido do cordão-de-cardeal. Era estranho chegar aos degraus de mármore e não encontrar nenhum vestígio dos vestidos coloridos entrando e saindo pela porta, e não ouvir nenhum som além do canto dos passarinhos nas árvores.

E lá dentro, enquanto perambulávamos pelas salas de música no estilo de Maria Antonieta e pelos salões de recepção do período da Restauração, senti que havia convidados escondidos atrás de cada sofá e mesa, sob ordens de prender a respiração até que tivéssemos passado. Quando Gatsby fechou a porta da "Biblioteca Merton College", eu poderia jurar que ouvi o homem de olhos de coruja dar uma gargalhada fantasmagórica.

Subimos as escadas, passando por quartos de época envoltos em seda rosa e lavanda e cheios de flores recém-colhidas, quartos de vestir, salas de bilhar e banheiros com banheiras embutidas no piso. Entramos em um quarto onde um homem todo descabelado e ainda de pijamas fazia exercícios abdominais no chão. Era o sr. Klipspringer, o "pensionista". Eu o tinha visto andando pela praia naquela manhã. Finalmente, chegamos aos aposentos de Gatsby, um quarto, um banheiro e um escritório no estilo Adam[15], onde nos sentamos e bebemos um cálice de Chartreuse cuja garrafa ele tirou de um armário embutido na parede.

Ele não tinha parado de olhar para Daisy e acho que estava reavaliando tudo em sua casa de acordo com a resposta que recebia dos olhos de sua amada. Às vezes, ele também olhava para seus pertences de uma forma atordoada, como se, diante de sua presença real e surpreendente, nada daquilo fosse real. Houve um momento em que ele quase caiu de um lance de escadas.

Seu quarto era o mais simples de todos, exceto onde a cômoda era decorada com um conjunto de toalete de ouro puro e fosco. Daisy pegou a escova com deleite e penteou os cabelos, então, Gatsby sentou-se, cobriu os olhos e começou a rir.

---

15 Estilo inspirado na antiguidade clássica, criado pelo arquiteto e decorador escocês Robert Adam (1728-1792), com a colaboração de seu irmão James (1730-1794).

– É a coisa mais engraçada, meu velho – disse ele sorrindo. – Eu não consigo... quando eu tento...

Ele havia passado visivelmente por dois estados e estava entrando em um terceiro. Depois de seu constrangimento e sua alegria irracional, ele ficou maravilhado com a presença dela. Ele havia alimentado aquela ideia por tanto tempo, sonhado com aquele momento tantas vezes que sua espera tinha uma ansiedade de intensidade inconcebível. Agora, a reação dele era a de um relógio funcionando com corda total.

Recuperando-se em um minuto, ele abriu dois armários de madeira enormes que guardavam seus ternos, roupões, gravatas e camisas, que pareciam tijolos em pilhas de uma dúzia cada.

– Há um homem na Inglaterra que compra roupas para mim. Ele envia uma seleção de coisas no início de cada estação, na primavera e no outono.

Pegou uma pilha de camisas e começou a atirá-las, uma a uma, diante de nós, camisas de linho puro, de seda grossa e de flanela fina, que perdiam as dobras ao cair e cobriam a mesa em uma confusão multicolorida. Enquanto admirávamos, ele trouxe mais, e a rica pilha macia ficou ainda maior... camisas listradas, camisas com arabescos e camisas com estampa xadrez em tons coral, maçã-verde, lavanda e laranja-claro, com monogramas de azul indiano. De repente, com um soluço, Daisy enfiou a cabeça nas camisas e começou a chorar convulsivamente.

– São camisas tão lindas – soluçou ela, com sua voz abafada entre as dobras grossas. – Isso me deixa triste, porque eu nunca... nunca tinha visto camisetas tão lindas antes.

...

Depois de conhecermos a casa, deveríamos ver o terreno, a piscina, o hidroavião e as flores do solstício de verão, mas, olhando para fora da janela de Gatsby, percebemos que a chuva havia começado a cair novamente, então, ficamos parados contemplando a superfície ondulada do Estreito.

— Se não fosse pela névoa, poderíamos ver sua casa do outro lado da baía — disse Gatsby. — Você sempre deixa uma luz verde acesa a noite toda na ponta do ancoradouro.

Daisy passou o braço pelo dele abruptamente, mas ele parecia absorto no que acabara de dizer. Possivelmente, ocorreu a ele que o significado colossal daquela luz agora havia desaparecido para sempre. Comparado com a grande distância que o separava de Daisy, parecia muito perto da luz, como se a tocasse. Parecia tão perto da lua quanto uma estrela. Agora era novamente uma luz verde na ponta do ancoradouro. Era menos um objeto encantado em sua contagem.

Comecei a andar pela sala, examinando vários objetos indefinidos na penumbra. Uma grande fotografia de um homem idoso usando trajes para passeio de iate me atraiu. Ela estava pendurada na parede sobre a escrivaninha dele.

— Quem é este?

— Esse aí? É o sr. Dan Cody, um velho amigo.   O nome soou vagamente familiar.

— Ele está morto agora. Era meu melhor amigo anos atrás.

Havia uma pequena foto de Gatsby, também em traje para passeio de iate, sobre a cômoda. Gatsby com a cabeça jogada para trás parecendo desafiador, uma fotografia tirada aparentemente quando ele tinha cerca de dezoito anos.

— Adoro isso — exclamou Daisy. — Um topete! Você nunca me contou que tinha usado um topete nem que tinha um iate.

— Olhe para isso — disse Gatsby rapidamente. — Aqui estão muitos recortes de jornais... sobre você.

Eles ficaram lado a lado examinando-os. Eu ia pedir para ver os rubis quando o telefone tocou e Gatsby atendeu.

— Sim ... Bem, não posso falar agora... Não posso falar agora, meu velho... Eu disse uma cidade pequena... Ele deve saber o que é uma cidade pequena... Bem, ele não tem utilidade para nós se Detroit é sua ideia de uma cidade pequena...

Ele desligou.

— Venha aqui rápido! — gritou Daisy da janela.

A chuva ainda estava caindo, mas a escuridão havia se dissipado no oeste e uma onda de nuvens macias nas cores rosa e dourada pairava acima do mar.

— Olhe para isso —sussurrou ela, e depois de um momento disse: — Gostaria de pegar uma dessas nuvens rosa, colocá-lo nela e levá-lo a qualquer lugar.

Tentei sair, mas eles não deixaram; talvez minha presença fizesse com que se sentissem mais confortáveis sozinhos.

— Já sei o que vamos fazer — disse Gatsby. — Vamos mandar Klipspringer tocar piano.

Ele saiu da sala chamando "Ewing!" e voltou em poucos minutos acompanhado por um jovem constrangido e levemente cansado, com óculos de aro redondo e cabelo louro ralo. Ele agora estava decentemente vestido com uma "camisa esporte" aberta no pescoço, tênis e calças de algodão de um tom indefinido.

— Interrompemos seu exercício? — perguntou Daisy educadamente.

— Eu estava dormindo — disse Klipspringer, sentindo-se bastante constrangido.

— Quero dizer, estava dormindo bem antes. Depois, me levantei...

— Klipspringer toca piano — disse Gatsby, interrompendo-o. — Não é mesmo, Ewing, meu velho?

— Eu não toco muito bem. Eu não... quase não toco. Estou sem prática...

— Vamos descer — interrompeu Gatsby. Ele apertou um botão. As janelas cinza desapareceram enquanto a casa brilhava cheia de luz.

Na sala de música, Gatsby acendeu uma lâmpada solitária ao lado do piano. Ele acendeu o cigarro de Daisy com um fósforo trêmulo e sentou-se com ela em um sofá do outro lado da sala, onde não havia luz, exceto quando o chão reluzente ricocheteava as luzes do corredor.

Depois que Klipspringer tocou "The Love Nest", ele virou-se no banco do piano e procurou Gatsby na penumbra.

— Estou totalmente sem prática. Eu disse que não conseguiria tocar. Não pratico há muito tempo...

— Pare de falar, meu velho — pediu Gatsby. — Toque!

"De manhã e à noite, como nós nos divertimos..."

Lá fora, o vento soprava forte e era possível escutar um som fraco de trovão ao longo do Estreito. Todas as luzes estavam acesas em West Egg agora; os trens elétricos transportando homens que voltavam para casa sob a chuva de Nova York. Era a hora de uma profunda mudança nas pessoas e havia algo excitante pairando no ar.

"Uma coisa é bem certa e nunca sai dos trilhos. Os ricos ficam mais ricos e os pobres ganham filhos. Enquanto isso, no meio disso..."

Quando fui me despedir, vi que a expressão de confusão havia voltado ao rosto de Gatsby, como se uma leve dúvida tivesse ocorrido a ele quanto à qualidade daquele momento de felicidade. Quase cinco anos! Deve ter havido momentos, mesmo naquela tarde, em que Daisy não correspondeu aos sonhos dele; não por culpa dela, mas por causa da vitalidade colossal da ilusão que ele criara. Tinha ido além dela, além de qualquer coisa. Ele se jogou nessa ilusão com uma paixão criativa que aumentava o tempo todo, enfeitando-a com cada pena brilhante que flutuava em seu caminho. Nenhum sentimento de ardor ou frescor pode desafiar o que um homem é capaz de armazenar em seu fantasmagórico coração.

Enquanto eu o observava, ele visivelmente se recompôs. Sua mão segurou a dela, e quando ela disse algo baixinho em seu ouvido ele se virou para ela com uma onda de emoção. Acho que aquela voz era o que mais o prendia, com seu calor flutuante e febril, porque não poderia ser exagerada pelos sonhos... aquela voz era uma canção imortal.

Eles já haviam se esquecido totalmente de mim, mas Daisy ergueu os olhos e estendeu a mão; Gatsby não percebeu que eu estava lá. Olhei mais uma vez para eles e eles me olharam, mais distantes, possuídos pela intensidade da vida. Então saí da sala e desci os degraus de mármore para a chuva, deixando-os ali juntos.

CAPÍTULO VI

Mais ou menos nessa época, um jovem repórter ambicioso de Nova York chegou certa manhã à porta de Gatsby e perguntou-lhe se ele tinha algo a declarar.

– Algo a declarar sobre o quê? – perguntou Gatsby educadamente.

– Ora... qualquer declaração a ser divulgada.

Após cinco minutos de confusão, descobriram que o homem tinha ouvido o nome de Gatsby em sua sala na redação do jornal em conexão com algo que ele não queria revelar ou não entendera muito bem. Este era seu dia de folga e com louvável iniciativa ele apressou-se para "verificar".

Foi um tiro aleatório, mas o instinto do repórter estava certo. A notoriedade de Gatsby, espalhada pelas centenas de pessoas que aceitavam sua hospitalidade, e se tornaram autoridades sobre seu passado, havia aumentado tanto durante todo o verão que faltava muito pouco para que ele virasse notícia. Algumas lendas da época, como a do "oleoduto subterrâneo para o Canadá", estavam ligadas a ele, e havia também uma história persistente de que ele não morava em uma casa, mas em um barco que parecia uma casa e que se movimentava secretamente ao longo das praias de Long Island. Não é fácil explicar por que essas invenções foram uma fonte de satisfação para James Gatz, de Dakota do Norte.

James Gatz, esse era realmente, ou pelo menos legalmente, seu nome. Ele trocou seu nome aos dezessete anos e no momento específico que testemunhou o início de sua carreira... quando viu o iate de Dan Cody lançar âncora sobre a parte mais baixa do Lago Superior. Era James Gatz que vadiava ao longo da praia naquela tarde com uma camisa verde rasgada e um par de calças de brim, mas foi Jay Gatsby quem pegou um barco a remo emprestado, tirou o Tuolomee de lá e informou Cody que um forte vento poderia alcançá-lo em meia hora e quebrar o barco em dois.

Suponho que ele tinha o nome pronto há muito tempo. Seus pais eram fazendeiros sem iniciativa e sem êxito. Sua imaginação nunca os aceitara de fato como seus pais. A verdade é que Jay Gatsby, de West Egg, Long Island, nasceu de uma concepção platônica de si mesmo. Ele era um filho de Deus... uma frase que, se não significa nada, significa exatamente isso. Ele tinha que cuidar dos negócios de Seu Pai, o serviço de uma beleza vasta, vulgar e vistosa. Então, ele inventou exatamente o tipo de Jay Gatsby que um garoto de dezessete anos provavelmente imaginaria, e a essa concepção ele foi fiel até o fim.

Por mais de um ano, ele percorreu seu caminho ao longo da Costa Sul do Lago Superior desenterrando mariscos na praia, pescando salmão ou exercendo qualquer outra função que lhe trouxesse comida e cama. Seu corpo moreno e endurecido desenvolveu-se naturalmente durante o trabalho meio feroz e meio preguiçoso dos dias de trabalho braçal. Ele conheceu as mulheres muito cedo, e como elas o mimavam ele passou a desdenhar delas, das jovens virgens porque eram ignorantes, das outras porque eram histéricas a respeito de coisas que em seu egocentrismo opressor ele considerava naturais.

Mas seu coração estava em agitação constante e turbulenta. As vaidades mais grotescas e fantásticas o assombravam em sua cama à noite. Um universo de ostentação inefável dominava seu cérebro, enquanto o relógio tiquetaqueava em cima da pia e a lua encharcava com a luz úmida suas roupas emaranhadas no chão. Cada noite, ele aumentava o padrão de suas fantasias até que a sonolência encerrava alguma cena vívida com um abraço de esquecimento. Por um tempo, esses devaneios forneceram uma válvula de escape para sua imaginação; eram um indício satisfatório de que a realidade era irreal, uma promessa de que a rocha onde o mundo havia sido construído estava presa com segurança nas asas de uma fada.

Um instinto em direção à sua glória futura o levou, alguns meses antes, à pequena Faculdade Luterano de St. Olaf, no sul de Minnesota. Ele ficou lá duas semanas, desapontado com a feroz indiferença perante os tambores que anunciavam seu destino, ao próprio destino, e desprezando o trabalho de zelador com o qual ele deveria pagar suas mensalidades. Então, ele voltou para o Lago Superior e ainda estava procurando algo para fazer no dia em que o iate de Dan Cody ancorou nas águas rasas ao longo da costa.

Cody tinha cinquenta anos na época e era um produto das minas de prata de Nevada, do Yukon e de toda corrida por metais preciosos desde 1875. As transações de cobre em Montana o deixaram multimilionário e também fisicamente robusto, porém o transformaram em um homem que podia ser facilmente persuadido, e, suspeitando disso, um número infinito de mulheres tentou separá-lo de seu dinheiro. Como, por exemplo, as armações extremamente desagradáveis pelas quais Ella Kaye, a colunista social, se fez passar por Madame de Maintenon[16], revelando a todos as fraquezas dele e levando-o a abandonar seu negócio e partir para o mar em um iate, eram comuns ao jornalismo túrgido em 1902. Ele havia navegado por praias extremamente hospitaleiras, porém

---

16   Françoise d'Aubigné, marquesa de Maintenon (1635-1719), amante de Luis XIV, famosa por suas cartas, em que narrava todos os mexericos e bisbilhotices da Corte.

interesseiras, durante cinco anos quando ancorou em Little Girl Bay para mudar o destino de James Gatz.

Para o jovem Gatz, que descansava sobre os remos e contemplava as grades do convés, aquele iate representava toda a beleza e glamour do mundo. Suponho que ele tenha sorrido para Cody. Ele provavelmente já tinha descoberto que as pessoas gostavam mais dele quando sorria. De qualquer forma, Cody fez-lhe algumas perguntas (uma delas trouxe o novo nome) e descobriu que ele era rápido e extravagantemente ambicioso. Poucos dias depois, ele o levou a Duluth e comprou-lhe um casaco azul, seis pares de calças brancas e um boné de iatista. E, quando o Tuolomee partiu para as Índias Ocidentais e a Costa da Barbária, Gatsby partiu com ele.

Ele foi contratado para executar tarefas gerais. Enquanto permaneceu com Cody, ele exerceu as funções de comissário de bordo, imediato, capitão, secretário e até carcereiro, pois o Dan Cody sóbrio sabia das esplêndidas proezas que o Dan Cody embriagado poderia executar e, para evitar mais problemas, ele depositava cada vez mais confiança em Gatsby. O acordo durou cinco anos, durante os quais o barco deu três voltas no continente europeu. Poderia ter durado indefinidamente, exceto pelo fato de que Ella Kaye subiu a bordo uma noite, em Boston, e uma semana depois Dan Cody morreu de repente.

Lembro-me do retrato dele no quarto de Gatsby, um homem grisalho e corado com um rosto de feições duras e vazias. O pioneiro debochado, que durante uma fase da vida americana trouxe de volta para a Costa Leste a violência selvagem dos bordéis e tavernas de fronteira. Cody era a causa indireta do fato de Gatsby beber tão pouco. Às vezes, durante festas muito alegres, as mulheres esfregavam champanhe em seus cabelos, mas ele tinha o hábito de manter distância das bebidas.

E também foi de Cody que ele herdou dinheiro... um legado de 25 mil dólares. Ele não recebeu o valor e nunca entendeu o dispositivo legal que foi usado contra ele, mas o que restou dos milhões ficou intacto para Ella Kaye. Ele ficou apenas com sua educação singularmente apropriada; o vago contorno de Jay Gatsby havia sido preenchido com a substancialidade de um homem.

...

Ele me contou tudo isso muito mais tarde, mas eu coloquei aqui com a ideia de eliminar totalmente aqueles primeiros rumores selvagens sobre seus antecedentes e que não tinham o menor traço de verdade. Além disso, ele me contou isso em um momento de confusão, quando eu havia chegado ao ponto de acreditar em tudo e em nada sobre ele. Então, aproveito esta breve interrupção, enquanto Gatsby, por assim dizer, recuperava o fôlego para limpar esse conjunto de equívocos.

Também foi uma interrupção em minha ligação com os negócios dele. Por várias semanas eu não o vi nem ouvi sua voz ao telefone. A maior parte do tempo eu estava em Nova York, andando para cima e para baixo com Jordan e tentando cair nas boas graças de sua tia senil, mas finalmente fui até a casa dele em uma tarde de domingo. Não fazia nem dois minutos que eu estava lá quando alguém trouxe Tom Buchanan para tomar um drinque. Fiquei surpreso, naturalmente, mas o mais surpreendente é que isso não tinha acontecido antes.

Eles eram um grupo de três a cavalo: Tom, um homem chamado Sloane e uma linda mulher em traje de montaria marrom, que já tinha estado lá antes.

– Estou muito feliz em vê-los – disse Gatsby, de pé em sua varanda. – Fico muito contente que vocês tenham passado aqui.

Como se eles se importassem com o que ele sentia!

– Sentem-se. Peguem um cigarro ou charuto.

Ele caminhou ao redor da sala rapidamente, tocando campainhas para chamar os criados.

– Vou providenciar algumas bebidas para vocês em apenas um minuto.

Ele ficou profundamente perturbado pelo fato de Tom estar ali. Mas ele ficaria inquieto de qualquer maneira até que tivesse oferecido algo a eles, percebendo de uma forma vaga que era tudo o que eles queriam. O sr. Sloane não queria nada. Uma limonada? Não, obrigado. Um pouco de champanhe? Nada mesmo, obrigado... Desculpe-me.

– Fizeram uma boa caminhada?

– As estradas são boas por aqui.

– Suponho que para os carros...

– Pois é...

Movido por um impulso irresistível, Gatsby voltou-se para Tom, que aceitara a apresentação como um estranho.

– Acredito que já nos conhecemos em algum lugar antes, sr. Buchanan.

– Ah, sim – disse Tom, com educação e um tanto áspero, mas obviamente não se lembrava. – Já nos encontramos. Lembro-me muito bem.

– Cerca de duas semanas atrás.

– Isso mesmo. Você estava com Nick aqui.

– Conheço sua esposa – continuou Gatsby, em um tom quase agressivo.

– Ah é?

Tom virou-se para mim.

– Você mora perto daqui, Nick?

– Na porta ao lado.

– É mesmo?

O sr. Sloane não entrou na conversa, mas recostou-se arrogantemente na cadeira; a mulher também não disse nada, até que, inesperadamente, depois de dois drinques, ela tornou-se cordial.

– Todos nós viremos à sua próxima festa, sr. Gatsby – sugeriu ela. – O que o senhor acha?

– Excelente. Será um prazer recebê-los.

– Será muito bom – disse o sr. Sloane, sem expressar qualquer gratidão. – Bem, acho que devemos voltar para casa.

– Por favor, não tenham pressa – Gatsby insistiu. Ele tinha o controle de si mesmo agora e queria conhecer Tom melhor. – Por que vocês não… por que vocês não ficam para o jantar? Não ficaria surpreso se outras pessoas viessem de Nova York.

– Venha jantar comigo – disse a senhora com entusiasmo. – Vocês dois.

Isso me incluía. O sr. Sloane levantou-se.

– Venha – disse ele, mas apenas para ela.

– Venham, por favor – insistiu ela. – Adoraria ter vocês para jantar comigo. Tenho muito espaço.

Gatsby me olhou interrogativamente. Ele queria ir e não viu que o sr. Sloane havia determinado que ele não deveria.

– Sinto muito, acho que não posso ir hoje – respondi.

– Bem, venha você então – pediu ela, concentrando-se em Gatsby.

O sr. Sloane murmurou algo perto do ouvido dela.

– Não chegaremos atrasados se começarmos agora – insistiu ela em voz alta.

— Não tenho cavalo — disse Gatsby. — Costumava cavalgar no exército, mas nunca comprei um cavalo. Terei que seguir vocês no meu carro. Com licença só um minuto.

O restante de nós saiu para a varanda, onde Sloane e a senhora começaram uma conversa acalorada à parte.

— Meu Deus, acho que o homem vai mesmo — disse Tom. — Ele não entendeu que ela não quer que ele venha?

— Ela disse que queria.

— Ela tem um grande jantar e ele não conhece ninguém lá. — disse franzindo a testa. — Eu me pergunto de onde diabos ele conhece a Daisy. Meu Deus, posso ter ideias muito conservadoras, mas as mulheres hoje em dia têm muita liberdade para o meu gosto. Elas conhecem todo tipo de gente maluca.

De repente, o sr. Sloane e a senhora desceram os degraus e montaram em seus cavalos.

— Vamos — disse o sr. Sloane para Tom —, estamos atrasados. Precisamos ir.

E então virou-se para mim e disse: — Diga a ele que não foi possível esperar, está bem?

Tom e eu apertamos as mãos, o restante de nós trocou um simples aceno de cabeça; e eles saíram trotando rapidamente pelo caminho, desaparecendo sob a folhagem de agosto assim que Gatsby, com chapéu e um sobretudo leve nas mãos, saiu pela porta da frente.

Tom ficou evidentemente perturbado com Daisy andando sozinha, pois na noite do sábado seguinte ele foi com ela à festa de Gatsby. Talvez a presença dela tenha dado à noite um ar de opressão, por isso, ficou gravada em minha memória mais do que as outras festas de Gatsby naquele verão. Lá estavam as mesmas pessoas, ou pelo menos o mesmo tipo de pessoas, a mesma profusão de champanhe, a mesma confusão multicolorida com vários tipos de música, mas eu sentia uma sensação desagradável no ar, uma desconforto generalizado que não existia antes. Ou talvez eu simplesmente tivesse me acostumado com tudo aquilo, aceitado West Egg como um mundo completo em si mesmo, com seus próprios padrões e suas próprias personalidades, em segundo lugar, porque não tinha consciência de que era assim, e agora eu estava olhando através dos olhos de Daisy. É invariavelmente triste contemplar com novos olhos as coisas com as quais você já está adaptado.

Eles chegaram ao crepúsculo e, enquanto caminhávamos entre as centenas de trajes cintilantes, a voz de Daisy estava pregando peças em sua garganta.

– Essas coisas me deixam tão animada – sussurrou ela. – Se você quiser me beijar a qualquer momento durante a noite, Nick, é só me avisar e terei o maior prazer em providenciar isso para você. Basta mencionar meu nome. Ou apresentar um cartão verde. Estou distribuindo cartões...

– Olhe em volta – sugeriu Gatsby.

– Estou olhando ao redor. Estou me divertindo maravilhosamente...

– Você deve ver o rosto de muitas pessoas de quem já ouviu falar.

Os olhos arrogantes de Tom percorreram a multidão.

– Nós não saímos muito por aí – disse ele. – Na verdade, eu estava mesmo pensando que não conheço ninguém aqui.

– Talvez você conheça aquela senhora – Gatsby apontou para uma linda orquídea, quase humana, de uma mulher sentada embaixo de uma ameixeira branca. Tom e Daisy ficaram olhando, com aquele sentimento peculiarmente irreal que acompanha o reconhecimento de uma celebridade que até então era somente um fantasma do cinema.

– Ela é adorável – disse Daisy.

– O homem inclinado ao seu lado é o seu diretor.

Ele os levou cerimoniosamente de grupo em grupo:

– Sra. Buchanan... e o sr. Buchanan... – Após um instante de hesitação, ele acrescentou: "o jogador de polo".

– Oh, não – respondeu Tom rapidamente. – Não sou ele.

Mas, evidentemente, a expressão agradou Gatsby, pois Tom continuou sendo "o jogador de polo" pelo resto da noite.

– Nunca conheci tantas celebridades – exclamou Daisy. – Gostei daquele homem... qual era o nome dele? Aquele com um nariz meio azulado.

Gatsby o identificou, acrescentando que ele era um pequeno produtor.

– Bem, eu gostei dele de qualquer maneira.

– Prefiro não ser apresentado como "o jogador de polo" – disse Tom educadamente. – Prefiro olhar para todas essas pessoas famosas sem ser lembrado.

Daisy e Gatsby dançaram. Lembro-me de ter ficado surpreso com seu foxtrote gracioso e conservador. Nunca o tinha visto dançar antes. Em seguida, eles caminharam até minha casa e sentaram-se nos degraus por meia hora, enquanto a pedido dela eu permaneci vigilante no jardim, "no caso de haver um incêndio ou uma inundação", explicou ela, "ou qualquer outro desastre natural".

Tom reapareceu de seu sumiço quando estávamos nos sentando para jantar juntos. – Vocês se importam se eu comer com algumas pessoas que estão bem ali? – perguntou. – Um sujeito está contando histórias muito engraçadas.

– Fique à vontade – respondeu Daisy cordialmente. – Se você quiser anotar algum endereço, aqui está meu pequeno lápis de ouro.

Ela olhou em volta depois de um instante e me disse que a garota era "comum, mas bonitinha", e eu sabia que, exceto pela meia hora em que ela esteve sozinha com Gatsby, ela não estava se divertindo.

Estávamos em uma mesa particularmente cheia de pessoas embriagadas. Isso foi minha culpa... Gatsby tinha sido chamado ao telefone e eu tinha gostado dessas mesmas pessoas há duas semanas. Mas o que fora divertido antes agora exalava mau cheiro.

– Como está se sentindo, srta. Baedeker?

A garota a quem me dirigia estava tentando, sem sucesso, deitar em meu ombro. Com essa pergunta, ela sentou-se e abriu os olhos.

– O que foi?

Uma mulher enorme e letárgica, que estava pedindo a Daisy para jogar golfe com ela no clube local na manhã seguinte, falou em defesa da srta. Baedeker:

– Agora ela está bem. Quando bebe cinco ou seis coquetéis, ela sempre começa a gritar assim. Eu sempre digo a ela que não deve beber.

– Eu não bebo – afirmou a acusada com voz de bêbada.

– Ouvimos você gritar, então, eu disse ao dr. Civet aqui: – Alguém está precisando de sua ajuda, doutor.

– Ela está muito agradecida, tenho certeza – disse outro amigo, demonstrando gratidão com ironia –, mas vocês molharam o vestido dela quando enfiaram a cabeça dela na piscina.

– A coisa que eu mais odeio é ficar com a cabeça enfiada em uma piscina – murmurou a srta. Baedeker. – Eles quase me afogaram uma vez em Nova Jersey.

– Então você não deveria beber mais – rebateu o dr. Civet.

– Olha só quem está falando! – gritou a srta. Baedeker violentamente. – Sua mão vive tremendo. Eu não deixaria você me operar nunca!

E a conversa continuou assim mesmo. Uma das últimas coisas de que me lembro foi ficar com Daisy observando o diretor de cinema e sua estrela. Eles ainda estavam sob a ameixeira branca e o rosto deles se tocava, exceto por um pálido e fino raio de luar entre eles. Ocorreu-me que ele havia se curvado muito lentamente em direção a ela durante toda a noite para atingir essa proximidade, e, enquanto eu o observava, o vi inclinar-se mais um pouco até beijar seu rosto.

– Gosto dela – disse Daisy. – Acho ela adorável.

Mas o restante a ofendeu... e indiscutivelmente porque não era um gesto, mas uma emoção. Ela ficou horrorizada com West Egg, este "lugar" sem precedentes que a Broadway tinha gerado em uma vila de pescadores de Long Island... horrorizada por seu vigor selvagem que irritava os velhos eufemismos e pelo destino muito intrusivo que conduzia seus habitantes por um atalho do nada para coisa nenhuma. Ela via algo terrível na própria simplicidade que ela não conseguia entender.

Sentei-me nos degraus da frente com eles enquanto esperavam pelo carro. Estava escuro na parte da frente da mansão, apenas a porta iluminada projetava três metros quadrados de luz na madrugada escura e calma. Às vezes, uma sombra se movia atrás de uma cortina no quarto do andar superior, dando lugar a outra sombra, uma procissão indefinida de sombras, cujas donas passavam batom e ruge diante de um espelho invisível.

– Quem é esse Gatsby, afinal? – perguntou Tom de repente. – Algum contrabandista de bebidas?

– Onde você ouviu isso? – perguntei.

– Eu não ouvi. Só imaginei. Muitas dessas pessoas recentemente ricas são apenas grandes contrabandistas de bebidas, você sabe.

– Não é o caso de Gatsby – respondi em seguida.

Ele ficou em silêncio por um momento. Os cascalhos da estrada rangeram sob seus pés.

– Bem, ele certamente deve ter se esforçado para montar este zoológico.

Uma brisa agitou a névoa cinzenta da gola de pele de Daisy.

– Pelo menos eles são mais interessantes do que as pessoas que conhecemos – disse ela com certo esforço.

– Você não parecia tão interessada.

– Mas eu estava.

Tom riu e virou-se para mim.

– Você viu o rosto de Daisy quando aquela garota pediu a ela para colocá-la embaixo de um chuveiro frio?

Daisy começou a cantar seguindo a música em um sussurro rouco e ritmado, trazendo um significado que cada palavra nunca tinha tido antes e nunca teria novamente. Quando a melodia se elevou, sua voz também subiu docemente, seguindo a canção, de um jeito que só as vozes de contralto fazem, e cada mudança despejava no ar um pouco de sua cálida magia humana.

– Aparecem muitas pessoas que não foram convidadas – disse ela de repente. – Aquela garota não tinha sido convidada. Eles simplesmente forçam a entrada e ele é muito educado para se opor.

– Gostaria de saber quem ele é e o que faz – insistiu Tom. – E acho que farei questão de descobrir.

– Posso dizer a você agora – respondeu ela. – Ele tinha algumas drogarias, muitas drogarias. Ele mesmo as construiu.

A limusine veio chegando lentamente pela estrada.

– Boa noite, Nick – disse Daisy.

Seu olhar me deixou e buscou o topo iluminado da escada, em

que "Three o'clock in the morning", uma valsinha bonita e triste daquele ano, podia ser ouvida pela porta aberta. Afinal, na própria descontração da festa de Gatsby, havia possibilidades românticas totalmente ausentes no mundo dela. O que havia na música que parecia chamá-la de volta para dentro? O que aconteceria agora nas horas obscuras e incalculáveis?

Talvez chegasse algum convidado incrível, uma pessoa infinitamente rara e admirável, alguma jovem verdadeiramente radiante que, ao lançar um novo olhar para Gatsby, em um momento de encontro mágico, apagaria aqueles cinco anos de devoção inabalável.

Fiquei até tarde naquela noite. Gatsby me pediu para esperar até que ele estivesse livre, e eu fiquei descansando no jardim até que as pessoas que estavam nadando na praia escura voltassem geladas e alegres, até que as luzes se apagassem nos quartos do andar superior. Quando ele finalmente desceu os degraus, a pele bronzeada estava estranhamente esticada em seu rosto e seus olhos estavam brilhantes e cansados.

– Ela não gostou – disse ele imediatamente.

– Claro que gostou.

– Ela não gostou – insistiu. – Ela não se divertiu.

Ele ficou em silêncio, e imaginei que ele estava indescritivelmente deprimido.

– Sinto-me distante dela – disse ele. – É difícil fazê-la compreender.

– Você está falando do baile?

– O baile? – Ele dispensou todos os bailes que havia dado com um estalar de dedos. – Meu velho, o baile não tem importância alguma.

Ele simplesmente queria que Daisy fosse até Tom e dissesse: "Eu nunca o amei". Depois que ela tivesse destruído quatro anos com aquela frase, eles poderiam decidir sobre as medidas mais práticas a serem tomadas. Uma delas era que, depois que ela estivesse livre, eles deveriam voltar para Louisville e realizar o casamento na casa dela... como deveria ter acontecido há cinco anos.

– E ela não entende – disse ele. – Ela costumava entender. Ficávamos sentados por horas...

Ele parou de falar e começou a andar de um lado para o outro sobre um caminho cheio de cascas de frutas, guardanapos de papel descartados e flores esmagadas.

– Eu não exigiria muito dela – arrisquei. – Você não pode repetir o passado.

– Não posso repetir o passado? – gritou incrédulo. – É claro que posso!

Ele olhou ao redor descontroladamente, como se o passado estivesse à espreita em alguma sombra de sua casa, fora do alcance de sua mão.

– Vou deixar tudo do jeito que estava antes – disse balançando a cabeça com determinação. – Ela vai ver.

Ele falava muito sobre o passado, e deduzi que queria recuperar algo, talvez alguma ideia de si mesmo que tinha ficado perdida em seu amor por Daisy. Sua vida tinha sido confusa e desordenada desde então, mas, se ele pudesse voltar a um determinado ponto de partida e lembrar-se de tudo em detalhes, ele poderia descobrir o que estava acontecendo...

(...) Uma noite de outono, cinco anos antes, eles estavam descendo a rua enquanto as folhas caíam das árvores e chegaram a um lugar onde não havia árvores e a calçada estava branca iluminada pelo luar. Eles pararam aqui e olharam um para o outro. Era uma noite fria com aquela emoção misteriosa que acontece nas duas mudanças do ano. As luzes silenciosas das casas destacavam-se na escuridão e havia uma agitação e um alvoroço entre as estrelas. Com o canto do olho, Gatsby viu que os blocos das calçadas realmente formavam uma escada e subiam para um lugar secreto acima das árvores. Ele poderia subir até lá, se estivesse sozinho, e uma vez lá ele poderia sugar a popa da vida e beber o incomparável leite das maravilhas.

O coração dele bateu mais rápido quando o rosto branco de Daisy se aproximou do seu. Ele sabia que, quando a beijasse e unisse para sempre suas visões indescritíveis ao hálito perecível daquela garota, seu espírito nunca mais teria a mesma alegria que o espírito de Deus. Assim, ele esperou, ouvindo por mais um momento o diapasão que havia sido tocado em uma estrela. Então ele a beijou. No toque de seus lábios, ela abriu-se para ele como uma flor e a encarnação estava completa.

Enquanto ele me contava tudo isso, mesmo com seu sentimentalismo assustador, lembrei-me de algo... um ritmo indescritível, um fragmento de palavras perdidas que eu tinha ouvido em algum lugar há muito tempo. Por um momento, tentei formar uma frase em minha boca e meus lábios se abriram como os de um homem mudo, como se houvesse algo mais lutando para sair deles do que apenas um sopro de ar assustado. Mas não saiu som nenhum e o que eu quase lembrei permaneceu incomunicável para sempre.

CAPÍTULO VII

Foi quando a curiosidade por Gatsby estava no auge que as luzes de sua casa ficaram apagadas uma noite de sábado. Da mesma forma obscura que havia começado, sua carreira como Trimalquião[17] chegara ao fim. Só aos poucos me dei conta de que os automóveis que estacionavam na entrada com grande expectativa permaneciam por apenas um minuto e depois iam embora aborrecidos. Achei que ele estivesse doente e resolvi verificar o que estava acontecendo. Um mordomo desconhecido com um rosto de vilão olhou desconfiado da porta.

– O sr. Gatsby está doente?

– Não. – Depois de uma pausa, ele acrescentou "senhor" usando um tom moroso e relutante.

– Eu não o tinha visto por aí e estava bastante preocupado. Diga a ele que o sr. Carraway esteve aqui.

– Quem? – perguntou com grosseria.

– Carraway.

– Carraway. Tudo bem, direi a ele.

De repente, ele bateu a porta.

Minha finlandesa informou-me que Gatsby tinha dispensado todos os criados de sua casa há uma semana e os substituíra por meia dúzia de outros, que nunca iam à vila de West Egg para serem subornados pelos comerciantes, mas faziam os pedidos de supri-

---

17 Personagem do *Satyricon*, de Petronius Árbiter. O *Festim de Trimalquião* é um dos poucos fragmentos restantes dessa obra, destruída no século XII. Trimalquião recebe liberalmente todos os que batem à sua porta e os regala com prodigalidade assombrosa em banquetes caríssimos.

mentos com moderação e por telefone. O entregador da mercearia relatou que a cozinha parecia um chiqueiro, e a opinião geral na vila era a de que essas pessoas não eram criados.

No dia seguinte, Gatsby me telefonou.

– Está indo embora? – perguntei.

– Não, meu velho.

– Ouvi dizer que você demitiu todos os criados.

– Quero ter um pessoal que não fique fazendo fofocas. Daisy vem com bastante frequência, geralmente na parte da tarde.

Digamos que todo aquele grupo social havia desmoronado como um castelo de cartas diante da desaprovação de Daisy.

– Os novos funcionários são pessoas que Wolfshiem queria ajudar. São todos irmãos e irmãs. Eles administravam um pequeno hotel.

– Entendi.

Ele estava telefonando a pedido de Daisy para saber se eu poderia almoçar na casa dela no dia seguinte? A srta. Baker estaria lá. Meia hora depois, a própria Daisy telefonou e pareceu aliviada ao descobrir que eu iria. Algo estava acontecendo. E ainda assim eu não conseguia acreditar que eles escolheriam essa ocasião para fazer uma cena. Em especial a cena bastante angustiante que Gatsby havia esboçado no jardim.

O dia seguinte, quase o último do verão, estava escaldante, certamente o mais quente da estação. Quando o trem saiu do túnel para a luz do sol, apenas os apitos quentes da Companhia Nacional de Biscoitos quebraram o silêncio latente do meio-dia. Os assentos de palha do vagão estavam quase pegando fogo; a mulher ao meu lado transpirou delicadamente por um tempo em sua blusa branca, e então, enquanto o jornal umedecia com o suor de seus dedos, sentiu desesperadamente um calor profundo e soltou um grito de desolação. Sua bolsa caiu no chão.

– Ah, meu Deus! – disse ela meio engasgada.

Eu apanhei a bolsa com um gesto de cansaço e devolvi a ela, segurando-a com o braço estendido e pela extremidade dos cantos para indicar que não tinha planos de roubá-la, mas todos por perto, incluindo a mulher, suspeitaram de mim apesar disso.

– Que calor! – disse o condutor para os rostos familiares. – Que tempo quente!... Quente!... Quente!... Quente!... Vocês não acham que está quente demais?   Meu bilhete voltou para mim com uma mancha escura feita pelo suor na mão dele. Mas quem é que se importaria naquele calor com os lábios corados que ele beijou ou de quem era a cabeça úmida que deitou no bolso do pijama dele?!

... Pelo corredor da casa dos Buchanans soprava uma brisa leve, que trazia o som da campainha do telefone, enquanto Gatsby e eu esperávamos à porta.

– O corpo do patrão? – rugiu o mordomo no bocal. – Sinto muito, senhora, mas não podemos fornecê-lo... está muito quente para tocar nele em pleno meio-dia!

O que ele realmente disse foi: – Sim... sim... vou providenciar.

Ele colocou o telefone no gancho e veio em nossa direção, suando ligeiramente, para pegar nossos chapéus panamá.

– A madame os espera no salão! – exclamou, indicando desnecessariamente a direção. Nesse calor, cada gesto extra era uma afronta à energia restante da vida.

A sala, cheia de sombras por causa dos toldos, parecia escura e fria. Daisy e Jordan estavam deitadas em um sofá enorme, como ídolos de prata fazendo peso sobre seus próprios vestidos brancos contra a brisa musical dos ventiladores.

– Não podemos nos mover – disseram juntas.

Os dedos de Jordan, empoados de branco sobre o bronzeado, descansaram sobre os meus por um momento.

– E o sr. Thomas Buchanan, o atleta? – perguntei.

Simultaneamente, ouvi sua voz, grosseira, abafada e rouca, no telefone do corredor.

Gatsby ficou no centro do tapete carmesim e olhou ao redor com olhos fascinados. Daisy o observou e riu, uma risada doce e animada; enquanto uma pequena nuvem de pó subia de seu peito para o ar.

– O boato é – sussurrou Jordan – que é a garota de Tom falando com ele ao telefone.

Ficamos em silêncio. A voz no corredor elevou-se com irritação: – Muito bem, então, não vou lhe vender o carro... não tenho nenhuma obrigação para com você... e quanto a você me incomodar com isso na hora do almoço não vou tolerar mais de jeito nenhum!

– O telefone está desligado – disse Daisy com cinismo.

– Não, não está – assegurei a ela. – É um negócio de verdade. Acontece que eu sei sobre o que ele está falando.

Tom abriu a porta de repente, preenchendo todo o espaço por um momento com seus ombros largos, e entrou depressa na sala.

– Senhor Gatsby! – disse estendendo a mão larga e plana com uma antipatia bem disfarçada. – Estou feliz em vê-lo, senhor... Olá, Nick...

– Prepare uma bebida gelada para nós – solicitou Daisy.

Quando ele saiu da sala novamente, ela levantou-se, foi até Gatsby e puxou seu rosto para baixo, beijando-o na boca.

– Você sabe que eu te amo – murmurou ela.

– Você esquece que há uma senhora presente – disse Jordan.

Daisy olhou em volta como que duvidando.

– Você pode beijar o Nick também.

– Que garota baixa e vulgar!

– Não me importo! – disse Daisy, e começou a jogar lenha na lareira de tijolos. Então, lembrou-se do calor e sentou-se no sofá sentindo-se culpada; logo em seguida, uma babá usando roupas recém-lavadas e passadas entrou na sala trazendo uma garotinha.

– Mi-nha pre-ci-osa – sussurrou, estendendo os braços. – Venha para os braços de sua mãe que te ama tanto.

A criança, liberada pela babá, correu pela sala e enraizou-se timidamente no vestido da mãe.

– Que-ri-da pre-ci-osa! Será que a mamãe sujou de pó seu lindo cabelinho louro? Agora fique em pé e diga "Como vocês estão?".

Gatsby e eu, cada um na sua vez, nos inclinamos e pegamos a pequena mão relutante.

Depois disso, ele continuou olhando para a criança com surpresa. Acho que ele realmente não acreditava na existência dela antes.

– Eu me vesti antes do almoço – disse a criança, voltando-se ansiosamente para Daisy.

– Isso é porque sua mãe queria que todos a conhecessem. Seu rosto curvou-se até a única dobra do pequeno pescoço branco. – Meu sonho querido. Você é meu sonho?

– Sim – admitiu a criança calmamente. – A tia Jordan está com um vestido branco também.

– O que você acha dos amigos da mamãe? – Daisy a virou para que ela ficasse de frente para Gatsby. – Você acha que eles são bonitos?

– Onde está o papai?

– Ela não se parece com o pai – explicou Daisy. – Ela se parece comigo. Tem meu cabelo e o formato do rosto.

Daisy recostou-se no sofá. A babá deu um passo à frente e estendeu a mão.

– Venha, Pammy.

– Tchau, docinho!

Com um olhar relutante acima do ombro, a criança bem-educada segurou a mão de sua babá e foi levada através da porta, enquanto Tom voltava com quatro drinques de gim que estalavam cheios de gelo.

Gatsby pegou seu drinque.

– Certamente parecem bem gelados – disse ele, visivelmente tenso.

Bebemos goles longos e vorazes.

– Eu li em algum lugar que o sol está ficando mais quente a cada ano – disse Tom cordialmente. – Parece que em breve a Terra vai cair no sol ou, espere um minuto, não é exatamente o oposto? O sol está ficando mais frio a cada ano.

– Vamos lá fora – sugeriu a Gatsby. – Gostaria que você conhecesse o lugar.

Fui com eles até a varanda. No Estreito verde, estagnado pelo calor, uma pequena vela rastejava-se lentamente em direção ao mar que estava mais fresco. Os olhos de Gatsby seguiram-na momentaneamente; ele ergueu a mão e apontou para a baía.

– Moro bem em frente a vocês.

– É verdade.

Nossos olhos se ergueram sobre os canteiros de rosas e o gramado quente e foram além da vegetação na areia quente da praia. Lentamente, as asas brancas do barco se moveram contrastando com o limite azul e frio do céu. Adiante estava o oceano agitado e as abundantes ilhas abençoadas.

– Isso é esporte – disse Tom, acenando com a cabeça. – Gostaria de ficar lá com ele, pelo menos por uma hora.

Almoçamos na sala de jantar, também escurecida pelos toldos para aliviar o calor, e bebemos a cerveja gelada com uma espécie de alegria nervosa.

– O que vamos fazer esta tarde? – perguntou Daisy ansiosa – E amanhã, e nos próximos trinta anos?

– Não seja mórbida – disse Jordan. – A vida vai começar novamente quando chegar o outono e esfriar um pouco.

– Mas está tão quente – insistiu Daisy, à beira das lágrimas –, e tudo está tão confuso. Vamos todos para a cidade!

Sua voz lutava contra o calor, como se estivesse se defendendo dele, dando forma à sua falta de sentido.

– Já ouvi falar de pessoas que transformaram uma garagem em um estábulo – Tom estava dizendo a Gatsby –, mas sou o primeiro homem a transformar um estábulo em uma garagem.

– Quem quer ir à cidade? – perguntou Daisy com insistência. Os olhos de Gatsby flutuaram em sua direção. – Ah – disse ela, – Você parece tão cheio de frescor!

Seus olhos se encontraram e eles se encararam, sozinhos no espaço. Com esforço, ela voltou seus olhos para a mesa.

– Você sempre parece tão cheio de frescor – repetiu.

Ela disse a ele que o amava, e Tom Buchanan percebeu. Ele ficou surpreso e boquiaberto; olhou para Gatsby e depois de volta para Daisy como se tivesse acabado de reconhecê-la como alguém que já conhecia há muito tempo.

– Você se parece com o anúncio daquele homem – continuou ela inocentemente. – Você conhece o anúncio daquele homem que...

– Tudo bem – interrompeu Tom rapidamente. – Estou perfeitamente disposto a ir à cidade. Vamos lá!... Todos nós vamos para a cidade.

Ele levantou-se, ainda observando Gatsby e sua esposa. Ninguém se moveu.

– Vamos! – começou a perder um pouco a paciência. – Qual é o problema, afinal? Se vamos até a cidade, vamos logo.

Sua mão, trêmula com o esforço de autocontrole, levou aos lábios o resto do copo de cerveja. A voz de Daisy nos colocou de pé e nos dirigimos para a estrada de cascalho que parecia estar pegando fogo de tão quente.

– Vamos apenas sair? – ela se opôs. – Como assim? Não vamos deixar ninguém fumar um cigarro primeiro?

– Todos fumaram durante o almoço.

– Oh, vamos nos divertir – implorou ela. – Está muito quente para discutir.

Ele não respondeu.

– Faça como quiser – disse ela. – Vamos, Jordan.

Elas subiram para se arrumarem, enquanto nós, os três homens, ficamos ali mexendo nas pedras quentes com os pés. Uma curva prateada da lua já pairava no lado ocidental do céu. Gatsby começou a falar, mas mudou de ideia; em seguida, Tom virou-se e o encarou com expectativa.

– Você tem seus estábulos aqui? – perguntou Gatsby com esforço.

– Uns quatrocentos metros estrada abaixo.

– Ah.

Uma pausa.

– Não vejo razão para ir até a cidade – interrompeu Tom nervoso. – Essas mulheres têm cada ideia maluca...

– Vamos levar alguma coisa para beber? – gritou Daisy de uma janela do andar superior.

– Vou buscar um pouco de uísque – respondeu Tom e entrou.

Gatsby virou-se para mim, tenso.– Não consigo dizer nada na casa dele, meu velho.

– Ela tem uma voz indiscreta – comentei. – Está cheia de... – hesitei, sem saber o que dizer.

– A voz dela está cheia de dinheiro – disse ele de repente.

Era isso mesmo. Eu não tinha entendido antes. Estava cheia de dinheiro... esse era o encanto inesgotável que subia e descia nela, o tilintar de sua voz, a canção dos címbalos contida nela... No alto de um palácio branco, a filha do rei, a garota de ouro...

Tom saiu da casa embrulhando uma garrafa quase cheia em uma toalha, seguido por Daisy e Jordan, que usavam pequenos chapéus de tecido metálico e carregavam capas leves nos braços.

– Vamos todos no meu carro? – sugeriu Gatsby. Ele sentiu que o couro verde do assento estava fervendo. – Devia ter deixado o carro na sombra.

– O câmbio é universal? – perguntou Tom.

– Sim.

– Bem, então pegue meu cupê e me deixe dirigir seu carro até a cidade.

A sugestão desagradou Gatsby.

– Acho que não tem gasolina suficiente – respondeu ele.

– Tem bastante gasolina – disse Tom meio nervoso, olhando para o medidor. – Se acabar, posso parar na drogaria. Hoje em dia é possível comprar qualquer coisa em uma drogaria.

Uma pausa se seguiu a esse comentário aparentemente sem sentido. Daisy olhou para Tom franzindo a testa, e uma expressão indefinível, ao mesmo tempo definitivamente desconhecida e vagamente reconhecível, algo que eu só ouvira em palavras, passou pelo rosto de Gatsby.

– Vamos, Daisy – disse Tom, pressionando-a com a mão em direção ao carro de Gatsby. – Vou levá-la neste vagão de circo.

Ele abriu a porta, mas ela se esquivou do círculo de seu braço.

– Você leva Nick e Jordan. Vamos segui-lo no cupê.

Ela aproximou-se de Gatsby, tocando o casaco dele com a mão. Jordan, Tom e eu sentamos no banco da frente do carro de Gatsby, Tom engatou com certa dificuldade as marchas desconhecidas e partimos para o calor opressor, deixando-os fora de vista, bem para trás.

– Você viu aquilo? – perguntou Tom.

– O quê?

Ele me encarou, percebendo que Jordan e eu sabíamos o que estava acontecendo o tempo todo.

– Vocês me acham muito burro, não é?... Talvez eu seja, mas eu tenho uma... quase uma intuição, às vezes, que me diz o que fazer. Talvez vocês não acreditem nisso, mas a ciência...

Ele fez uma pausa. A contingência imediata o trouxe de volta da beira do abismo teórico.

– Fiz uma pequena investigação sobre esse sujeito – continuou ele. – Poderia ter ido mais fundo se eu soubesse...

– Quer dizer que já foi consultar um médium? – perguntou Jordan brincando.

– O quê? – disse, confuso, e olhou para nós enquanto ríamos. – Um médium?

– Sobre Gatsby.

– Sobre Gatsby! Não, não consultei. Eu disse que estava fazendo uma pequena investigação sobre o passado dele.

– E você descobriu que ele estudou em Oxford – disse Jordan querendo ajudar.

– Um estudante de Oxford! – disse incrédulo. – Oxford, coisa nenhuma, ele nunca estudou lá! Ele usa um terno rosa.

– Mesmo assim, ele estudou em Oxford.

– Só se foi em Oxford, no Novo México – bufou Tom com desprezo –, ou algo assim.

– Escute, Tom. Se você é assim tão esnobe, por que o convidou para almoçar? – perguntou Jordan irritada.

– Daisy o convidou; ela o conheceu antes de nos casarmos... sabe Deus onde!

Estávamos todos irritados porque a cerveja estava acabando e, cientes disso, dirigimos por um tempo em silêncio. Então, quando os olhos desbotados do dr. T. J. Eckleburg apareceram na estrada, lembrei-me do aviso de Gatsby sobre a gasolina.

– Temos o suficiente para nos levar até a cidade – disse Tom.

– Mas tem um posto bem aqui – disse Jordan. – Não quero ficar parada neste calor escaldante.

Tom puxou os dois freios com impaciência, e deslizamos para uma parada abrupta e empoeirada sob a placa do posto de Wilson. Depois de um momento, o proprietário saiu do interior de seu estabelecimento e contemplou o carro com os olhos vazios.

– Vamos colocar um pouco de gasolina! – gritou Tom com grosseria. – Por que você acha que paramos... para admirar a vista?

– Estou doente – disse Wilson sem se mexer. – Passei mal o dia todo.

– Qual é o problema?

– Estou totalmente sem forças.

– Bem, quer que eu mesmo coloque a gasolina? – Tom quis saber. – Você parecia bem ao telefone.

Com esforço, Wilson deixou a sombra e o apoio da porta e,

respirando com dificuldade, desenroscou a tampa do tanque. À luz do sol, seu rosto parecia verde.

– Não tive a intenção de interromper seu almoço – disse ele. – Mas eu preciso muito de dinheiro e queria saber o que você pretendia fazer com seu carro velho.

– O que você acha deste? – perguntou Tom. – Comprei na semana passada.

– É um belo carro amarelo – disse Wilson, enquanto fazia força para puxar a manivela.

– Gostaria de comprá-lo?

– De jeito nenhum – Wilson deu um sorriso pálido. – Não, mas eu poderia ganhar algum dinheiro com o outro.

– Para que você quer dinheiro, de repente?

– Estou aqui há muito tempo. Quero ir embora. Minha esposa e eu queremos ir para o Oeste.

– Sua esposa quer?! – exclamou Tom, assustado.

– Ela vem falando sobre isso há dez anos – disse ele, descansando por um momento apoiado na bomba, protegendo os olhos do sol. – E agora ela vai, quer queira, quer não. Vou levá-la embora.

O cupê passou por nós com uma nuvem de poeira e o lampejo de uma mão acenando.

– Quanto lhe devo? – perguntou Tom asperamente.

– Acabei de perceber algo estranho nos últimos dois dias – comentou Wilson. – É por isso que quero ir embora. É por isso que estou incomodando o senhor com o assunto do carro.

– Quanto lhe devo?

– Um dólar e vinte.

O calor implacável estava começando a me deixar confuso e passei por maus momentos antes de perceber que até agora as suspeitas dele não pousavam em Tom. Ele descobriu que Myrtle tinha algum tipo de vida separada da dele em outro mundo, e o choque o deixou fisicamente doente. Olhei para ele e depois para Tom, que fizera uma descoberta paralela menos de uma hora antes, e me ocorreu que não havia diferença entre os homens, em inteligência ou raça, tão profunda quanto a diferença entre os doentes e os sãos. Wilson estava tão doente que parecia culpado, imperdoavelmente culpado... como se tivesse acabado de engravidar uma pobre menina.

— Vou deixar você ficar com aquele carro — disse Tom. — Vou pedir para alguém trazê-lo amanhã à tarde.

Aquele local sempre foi um pouco inquietante, mesmo no amplo clarão da tarde; e agora virei a cabeça como se tivesse sido avisado de algo atrás. Sobre os montes de cinzas, os olhos gigantes do dr. T. J. Eckleburg mantinham sua vigília, mas percebi, depois de um momento, que outros olhos nos observavam com uma intensidade peculiar a menos de seis metros de distância.

Em uma das janelas da garagem, as cortinas haviam sido puxadas um pouco para o lado e Myrtle Wilson estava espiando o carro. Ela estava tão absorta que nem percebeu que também estava sendo observada, e uma emoção após a outra aparecia em seu rosto como objetos em uma imagem que se desenvolvem lentamente. A expressão dela era curiosamente familiar... era uma expressão que eu tinha visto muitas vezes no rosto das mulheres, mas no rosto de Myrtle Wilson parecia sem propósito e inexplicável até que percebi que seus olhos, arregalados de terror e ciúme, estavam fixos não em Tom, mas em Jordan Baker, que ela pensou ser a esposa dele.

...

Não há confusão tão grande quanto aquela de uma mente simples, e, enquanto íamos embora, Tom estava sentindo as chicotadas quentes do pânico. Sua esposa e amante, até uma hora atrás seguras e invioláveis, estavam escapando precipitadamente de seu controle. O instinto o fez pisar no acelerador com o duplo propósito de ultrapassar Daisy e deixar Wilson para atrás, e aceleramos em direção a Astoria a oitenta quilômetros por hora, até que, ao passar entre as vigas de aço do elevado que pareciam teias de aranha, avistamos o cupê azul viajando com tranquilidade.

– Aqueles cinemas grandes perto da 50th Street são frescos – sugeriu Jordan. – Amo Nova York nas tardes de verão, quando todos saem da cidade. Há algo muito sensual nisso... como se todos os tipos de frutas engraçadas estivessem maduras a ponto de cair em minhas mãos.

A palavra "sensual" inquietou Tom ainda mais, mas, antes que ele pudesse protestar, o cupê parou e Daisy fez sinal para que parássemos ao lado.

– Onde nós vamos? – gritou ela.

– Que tal irmos ao cinema?

– Está muito quente – reclamou. – Vão vocês. Nós vamos dar uma volta e encontramos vocês depois.

Com esforço, fez uma piadinha leve. – Podemos nos encontrar em alguma esquina. Eu serei o homem fumando dois cigarros.

– Não podemos discutir sobre isso aqui – disse Tom impaciente, enquanto um caminhão buzinava atrás de nós como se estivesse nos xingando. – Vocês me seguem até o lado sul do Central Park, em frente ao The Plaza.

Várias vezes ele virou a cabeça e olhou para trás em busca do carro e, se o trânsito os atrasava, ele diminuía a velocidade até que aparecessem. Acho que estava com medo de que eles entrassem em uma rua lateral e saíssem de sua vida para sempre.

Mas eles não fizeram isso. E, não sei como explicar, nós fomos parar na sala de estar de uma suíte no Plaza Hotel.

A discussão prolongada e tumultuada que acabou nos levando para aquela sala me foge da memória, embora eu tenha a nítida lembrança física de que, no decorrer dela, minha roupa de baixo começou a subir como uma cobra úmida ao redor das minhas pernas e gotas intermitentes de suor gelado escorriam pelas minhas costas. A ideia se originou com a sugestão de Daisy de que alugássemos cinco banheiros e tomássemos banhos frios, e então nossa aparência ficaria melhor e poderíamos ir a um lugar para tomar um mint julep[18][17]. Cada um de nós disse repetidamente que era uma "ideia maluca". Todos nós falamos ao mesmo tempo com um funcionário perplexo e pensando, ou fingindo pensar, que estávamos sendo muito engraçados...

A sala era grande e abafada e, embora já fossem quatro horas da tarde, a abertura das janelas só trouxe uma rajada de ar quente dos arbustos do parque. Daisy foi até o espelho para arrumar o cabelo e ficou de costas para nós.

– É uma suíte excelente – sussurrou Jordan respeitosamente, e todos riram.

– Abra outra janela – ordenou Daisy, sem se virar.

– Não há mais janelas.

– Bem, é melhor telefonar para a recepção e pedir um machado...

---

18 *Mint julep* é uma bebida feita com uísque americano, misturado com folhas picadas de hortelã-pimenta e gelo moído.

– A única coisa a ser feitar é esquecer o calor – disse Tom, impaciente.

– Quando você reclama, deixa as coisas dez vezes pior.

Ele desenrolou a garrafa de uísque da toalha e colocou-a sobre a mesa.

– Por que não a deixa em paz, meu velho? – comentou Gatsby. – Foi você que insistiu para que viéssemos até a cidade.

Houve um momento de silêncio. A lista telefônica soltou-se do prego e caiu no chão, ao que Jordan sussurrou: – Desculpem-me – mas desta vez ninguém riu.

– Pode deixar que eu pego – falei.

– Já peguei – disse Gatsby examinando o cordão partido e murmurando "Hum!" como se estivesse interessado; em seguida, ele jogou a lista no assento de uma cadeira.

– Você gosta muito de usar essa expressão, não gosta? – disse Tom de modo incisivo.

– Qual?

– Essa coisa de chamar todo mundo de "meu velho". Onde foi que você adquiriu esse hábito?

– Espera aí, Tom – disse Daisy, virando-se do espelho. – Se você vai ficar fazendo esse tipo de comentário, não vou ficar aqui nem mais um minuto. Telefone para a recepção e peça um pouco de gelo para o drinque de hortelã.

Quando Tom pegou o telefone, o calor comprimido explodiu em som e ouvimos os acordes portentosos da Marcha Nupcial de Mendelssohn no salão de baile do andar inferior.

– Imagine casar-se com este calor! – disse Jordan com desânimo.

– De qualquer modo, eu me casei em meados de junho – lembrou Daisy. – Louisville em junho! Alguém desmaiou. Quem foi que desmaiou, Tom?

— Biloxi — respondeu brevemente.

— Um homem chamado Biloxi. "Blocks" Biloxi, e ele fazia caixas... é verdade... e era de Biloxi, Tennessee.

— Eles o carregaram para minha casa — acrescentou Jordan — porque morávamos a apenas duas casas da igreja. E ele ficou três semanas, até que papai disse que ele tinha que sair. No dia seguinte à sua partida, papai morreu. — Depois de um momento, ela acrescentou. — Uma coisa não teve nada a ver com a outra.

— Eu conheci um Bill Biloxi de Memphis — comentei.

— Aquele era o primo dele. Eu conheci toda a história de sua família antes de ele partir. Ele me deu o taco de alumínio que uso hoje.

A música havia terminado quando a cerimônia começou e agora longos aplausos flutuavam pela janela, seguidos por gritos intermitentes de "Sim, sim, sim!" e finalmente uma explosão de jazz que deu início às danças.

— Estamos envelhecendo — disse Daisy. — Se fôssemos jovens, levantaríamos e começaríamos a dançar.

— Lembre-se de Biloxi — Jordan a avisou. — Onde você o conheceu, Tom?

— Biloxi? — disse, concentrando-se com esforço. — Eu não o conhecia. Ele era amigo de Daisy.

— Não era, não — negou. — Nunca o tinha visto antes. Ele desceu no vagão fretado.

— Bem, ele disse que conhecia você. Disse que foi criado em Louisville. Foi Asa Bird que o trouxe no último minuto e perguntou se tínhamos espaço para ele.

Jordan sorriu.

— Provavelmente ele estava indo para casa. Ele me disse que era o líder da sua classe em Yale.

Tom e eu olhamos um para o outro sem expressão.

– Biloxi?

– Em primeiro lugar, não tínhamos nenhum líder.

O pé de Gatsby começou a bater em um ritmo inquieto e, de repente, Tom olhou para ele.

– A propósito, sr. Gatsby, fiquei sabendo que o senhor estudou em Oxford.

– Não exatamente.

– Ah, sim, contaram-me que você foi para Oxford.

– Sim, eu estive lá.

Uma pausa. Em seguida, a voz de Tom, incrédula e ofensiva:

– Você deve ter ido para lá na época em que Biloxi foi para New Haven.

Outra pausa. Um garçom bateu à porta e entrou com hortelã amassada e gelo, mas o silêncio não foi interrompido por seu "obrigado" e pelo suave fechamento da porta. Esse tremendo detalhe seria esclarecido finalmente.

– Eu já lhe disse que estive lá – disse Gatsby.

– Sim, mas gostaria de saber quando.

– Foi em 1919, fiquei apenas cinco meses. É por isso que não posso realmente dizer que fui estudante de Oxford.

Tom olhou ao redor para ver se concordávamos com sua incredulidade. Mas estávamos todos olhando para Gatsby.

– Foi uma oportunidade que eles deram a alguns dos oficiais após o armistício – continuou ele. – Podíamos ir para qualquer uma das universidades da Inglaterra ou da França.

Minha vontade era levantar e dar um tapinha nas costas dele. Senti por ele uma renovação de fé completa como a que já havia experimentado antes.

Daisy levantou-se com um leve sorriso e foi até a mesa.

– Abra o uísque, Tom – pediu ela –, e eu farei um drinque de hortelã para você. Assim você não se sentirá tão estúpido... poderá olhar para a hortelã!

– Um minuto – disparou Tom –, quero fazer mais uma pergunta ao sr. Gatsby.

– Vá em frente – Gatsby disse educadamente.

– Que tipo de confusão você está tentando causar na minha casa?

Gatsby ficou satisfeito porque finalmente eles poderiam esclarecer tudo.

– Ele não está causando confusão – Daisy olhou com desespero para um e depois para o outro. – Você está causando uma briga. Por favor, tenha um pouco de autocontrole.

– Autocontrole! – repetiu Tom, incrédulo. – Suponho que a última moda seja sentar e deixar o sr. João Ninguém de Lugar Nenhum faça amor com minha esposa. Bem, se é essa a ideia, você pode apostar que não vou aceitar... Hoje em dia as pessoas estão começando a ridicularizar a vida familiar e as instituições familiares, e a próxima coisa que elas vão fazer é jogar tudo para o alto e permitir casamentos entre pretos e brancos.

Com o rosto todo vermelho por causa de sua fala acalorada, ele viu-se sozinho na última barreira da civilização.

– Somos todos brancos aqui – murmurou Jordan.

– Sei que não sou muito popular. Não dou grandes festas. Suponho que você precisa transformar sua casa em um chiqueiro para ter amigos... no mundo moderno.

Por mais zangado que eu estivesse, como na realidade todos nós estávamos, eu sentia vontade de rir cada vez que ele abria a boca. A transição de libertino para puritano estava completa.

— Tenho uma coisa para lhe contar, meu velho... – começou Gatsby. Mas Daisy adivinhou sua intenção.

— Por favor, não! – interrompeu ela sentindo-se impotente. – Por favor, vamos todos para casa. Por que não vamos todos para casa?

— É uma boa ideia – disse enquanto me levantava. – Vamos, Tom. Ninguém quer beber mais nada.

— Quero saber o que o sr. Gatsby tem a me dizer.

— Sua esposa não o ama – disse Gatsby. – Nunca o amou. É a mim que ela ama.

— Você deve estar louco! – exclamou Tom automaticamente.

Gatsby ficou em pé com um salto, cheio de entusiasmo.

— Ela nunca amou você, ouviu? – gritou. – Ela só se casou com você porque eu era pobre e ela estava cansada de me esperar. Foi um erro terrível, mas em seu coração ela nunca amouninguém, exceto a mim!

Nesse ponto, Jordan e eu tentamos sair, mas Tom e Gatsby insistiram com firmeza competitiva que permanecêssemos... como se nenhum deles tivesse nada a esconder e fosse um privilégio participar indiretamente de suas emoções.

— Sente-se, Daisy – disse Tom, buscando, sem sucesso, usar uma voz paternal. – O que está acontecendo? Quero saber de tudo.

— Eu disse a você o que está acontecendo – disse Gatsby. – Já dura cinco anos e você não sabia.

Tom voltou-se bruscamente para Daisy.

— Você está se encontrando com esse sujeito há cinco anos?

— Encontrando, não – disse Gatsby. – Não podíamos nos encontrar. Mas continuamos nos amando o tempo todo, meu velho, e você não sabia. Eu costumava rir às vezes – mas não havia riso em seus olhos – só de pensar que você não sabia.

– Ah, agora chega – Tom bateu seus dedos grossos como um padre e recostou-se na cadeira.

– Você é louco! – explodiu. – Não posso falar sobre o que aconteceu cinco anos atrás, porque eu não conhecia Daisy. Posso morrer agora se você conseguiu alguma vez ficar a menos de um quilômetro dela, a menos que fosse você quem entregava os mantimentos na porta dos fundos. Mas todo o resto é uma mentira maldita. Daisy me amava quando se casou comigo e ela me ama agora.

– Não – disse Gatsby, balançando a cabeça.

– Ela me ama, sim. O problema é que às vezes ela fica com ideias tolas na cabeça e não sabe o que está fazendo – disse Tom acenando com a cabeça como se estivesse certo. – E mais, eu também amo Daisy. De vez em quando, eu saio para uma farra e faço papel de bobo, mas eu sempre volto, e no meu coração eu a amo o tempo todo.

– Você é asqueroso – disse Daisy. Ela virou-se para mim e sua voz, caindo uma oitava abaixo, encheu a sala com um desprezo emocionante: – Você sabe por que deixamos Chicago? Estou surpresa que não tenham contado a você a história daquela pequena farra.

Gatsby aproximou-se e ficou ao lado dela.

– Daisy, tudo isso acabou agora – disse ele sinceramente. – Não importa mais. Apenas diga a ele a verdade... que você nunca o amou... e tudo estará apagado para sempre.

Ela olhou para ele como se estivesse cega. – Por que... como eu poderia amá-lo... como seria possível?

– Você nunca o amou.

Ela hesitou. Seus olhos pousaram em Jordan e em mim com uma espécie de apelo, como se ela finalmente percebesse o que estava fazendo. Era como se ela nunca tivesse, nunca mesmo, tivesse a intenção de fazer alguma coisa. Mas estava feito agora. Era tarde demais.

– Nunca o amei – disse ela, com visível relutância.

– Nem mesmo em Kapiolani? – perguntou Tom, de repente.

– Não.

Do salão de baile abaixo de nós, acordes abafados e sufocantes subiam flutuando nas ondas de ar quente.

– Nem naquele dia em que carreguei você no colo desde Punch Bowl para manter seus sapatos secos? – Havia uma ternura rouca em seu tom... – Daisy?

– Por favor, chega – sua voz estava fria, mas o rancor havia desaparecido. Ela olhou para Gatsby. – Escute, Jay – disse ela, sua mão tremia enquanto tentava acender um cigarro. De repente, ela jogou o cigarro e o fósforo aceso no tapete.

– Ah, você está querendo muito! – gritou ela para Gatsby. – Agora eu amo você... não é o suficiente? Não posso evitar o que passou. – Ela começou a soluçar desamparada. – Eu o amei uma vez, mas também amei você.

Os olhos de Gatsby começaram a piscar sem parar.

– Você me amou também? – repetiu ele.

– Até isso é uma mentira – disse Tom ferozmente. – Ela nem sabia se você estava vivo. Ora... há coisas entre mim e a Daisy que você nunca saberá, coisas que nenhum de nós jamais poderá esquecer.

As palavras pareciam estar ferindo a pele de Gatsby.

– Quero falar com Daisy sozinho – insistiu. – Ela está muito nervosa agora...

– Mesmo sozinha, não posso dizer que nunca amei Tom... – admitiu com uma voz lamentável. – Não seria verdade.

– Claro que não – concordou Tom.

Ela virou-se para o marido e disse:

– Como se isso importasse para você...

— Claro que importa. Vou cuidar melhor de você de agora em diante.

— Você não está entendendo — disse Gatsby, com um toque de pânico na voz. — Você não vai mais cuidar dela.

— Ah, não vou? — Tom arregalou os olhos e riu. Ele era capaz de se controlar agora. — E por que não?

— Daisy vai deixar você.

— Besteira.

— Pode ser, mas eu vou — disse ela com um esforço visível.

— Ela não vai me deixar! — As palavras de Tom de repente caíram sobre Gatsby. — Certamente não por um vigarista comum que teve que roubar o anel que colocou no dedo.

— Não vou mais suportar isso! — gritou Daisy. — Oh, por favor, vamos embora.

— Quem é você, afinal? — explodiu Tom. — Você faz parte daquele bando que anda com Meyer Wolfshiem... isso eu sei. Fiz uma pequena investigação sobre seus negócios... e vou investigar mais amanhã.

— Pode fazer o que quiser, meu velho — disse Gatsby com firmeza.

— Descobri quais eram suas "drogarias". — Tom olhou para nós e falou rapidamente. — Ele e esse tal de Wolfshiem compraram várias drogarias de rua aqui e em Chicago e vendiam álcool de cereais no balcão. Esse é um de seus pequenos truques. Achei que fosse contrabandista na primeira vez que o vi, e não estava muito errado.

— E qual é o problema? — disse Gatsby educadamente. — Acho que seu amigo Walter Chase não teve nenhum problema em participar do negócio.

— E você o deixou em apuros, não foi? Deixou que ele fosse para a prisão por um mês em Nova Jersey. Deus! Você deveria ouvir o que Walter tem a dizer sobre você.

– Ele veio até nós completamente falido. E ficou muito contente por ganhar algum dinheiro, meu velho.

– Não me chame de "meu velho"! – gritou Tom.

Gatsby não disse nada.

– Walter poderia mandar prendê-lo pelas apostas também, mas Wolfshiem o assustou e ele ficou de boca fechada.

Aquele olhar estranho, porém reconhecível, estava de volta ao rosto de Gatsby.

– Esse negócio ilícito de drogarias foi apenas uma coisa pequena – continuou Tom lentamente –, mas agora você está envolvido em algo que até Walter tem medo de me contar.

Olhei para Daisy, que estava ouvindo horrorizada a conversa entre Gatsby e seu marido, e para Jordan, que havia começado a equilibrar um objeto invisível, mas fascinante, na ponta do queixo. Então me virei para Gatsby e fiquei surpreso com sua expressão. Parecia que ele tinha "matado um homem". Digo isso desprezando todas as calúnias que eram feitas contra ele em seu próprio jardim. Por um momento, a expressão do rosto dele só poderia ser descrita como irracional.

Aquela expressão sumiu e ele começou a falar animadamente com Daisy, negando tudo, defendendo seu nome de acusações que nem tinham sido feitas. Mas a cada palavra ela ficava mais ausente, então ele desistiu, e apenas o sonho morto lutou enquanto a tarde passava, tentando tocar o que não era mais tangível, lutando cheio de tristeza, mas sem desespero, para alcançar aquela voz perdida do outro lado do quarto.

A voz implorou novamente para ir embora.

– Por favor, Tom! Não aguento mais.

Seus olhos, assustados, diziam que qualquer intenção, qualquer coragem que ela tivesse tido antes, definitivamente havia desaparecido.

— Vocês dois vão para casa, Daisy — disse Tom. — No carro do sr. Gatsby.

Ela olhou para Tom, agora em pânico, mas ele insistiu com desprezo magnânimo.

— Podem ir. Ele não vai incomodá-la. Acho que ele percebeu que seu pequeno flerte pretensioso acabou.

Eles se foram, sem dizer uma palavra, de coração partido, sem dar importância a nada, isolados, como fantasmas, até mesmo da nossa piedade.

Depois de um tempo, Tom se levantou e começou a embrulhar a garrafa fechada de uísque na toalha.

— Querem alguma coisa? Jordan?... Nick?

Não respondi.

— Nick? — perguntou novamente.

— O quê?

— Quer alguma coisa?

— Não... acabei de lembrar que hoje é meu aniversário.

Estava fazendo trinta anos. Diante de mim, estendia-se a estrada portentosa e ameaçadora de uma nova década.

Eram sete horas quando entramos no cupê com ele e partimos para Long Island. Tom falava incessantemente, exultando e rindo, mas sua voz estava tão distante de Jordan e de mim quanto o vozerio que vinha da calçada ou do tumulto na linha do trem acima de nossas cabeças. A tolerância humana tem seus limites, e ficamos felizes em deixar que todos os seus argumentos trágicos se apagassem com as luzes da cidade que estava ficando para trás. Trinta... a promessa de uma década de solidão, uma lista cada vez menor de homens solteiros para conhecer, uma pasta cada vez menor de entusiasmo, cabelos cada vez mais ralos. Mas eu tinha Jordan ao meu lado, que, ao contrário de Daisy, era muito sábia para carregar para o futuro sonhos que já haviam sido esquecidos. Quando passamos pela ponte escura, seu rosto pálido caiu preguiçosamente contra o ombro do meu casaco e o choque formidável dos trinta anos se acalmou com a pressão reconfortante de sua mão.

Assim, viajamos em direção à morte naquele crepúsculo refrescante.

...

O jovem grego Michaelis, que era o proprietário da cafeteria ao lado dos montes de cinzas, foi a principal testemunha no inquérito. Ele havia dormido, com todo aquele calor, até depois das cinco, quando foi até a garagem e encontrou George Wilson passando mal em seu escritório... muito mal, pálido como seu próprio cabelo cor de palha e tremendo todo. Michaelis o aconselhou a ir para a cama, mas Wilson recusou, dizendo que perderia muitos negócios se o fizesse. Enquanto seu vizinho tentava persuadi-lo, uma barulheira violenta irrompeu no andar de cima.

– Minha esposa está trancada lá em cima – explicou Wilson calmamente. – Ela vai ficar lá dentro até depois de amanhã, quando iremos nos mudar para bem longe.

Michaelis estava surpreso; eles eram vizinhos há quatro anos, e Wilson nunca pareceu capaz de fazer afirmação. Geralmente, ele parecia um homem bem exausto; quando não estava trabalhando, sentava-se em uma cadeira na porta e ficava olhando as pessoas e os carros que passavam ao longo da estrada. Quando alguém falava com ele, invariavelmente ria de uma forma agradável e pálida. Vivia para sua esposa e não para ele mesmo.

Então, naturalmente, Michaelis tentou descobrir o que havia acontecido, mas Wilson não quis dizer uma palavra. Em vez disso, ele começou a lançar olhares curiosos e suspeitos para seu visitante e perguntar o que ele estava fazendo em certos momentos em determinados dias. Quando o grego começou a ficar inquieto, alguns operários estavam passando pela porta com destino ao seu restaurante, e Michaelis aproveitou a oportunidade para sair, com a intenção de voltar mais tarde. Mas ele não voltou. Ele supôs que tinha esquecido o assunto, só isso. Quando ele saiu de novo, um pouco depois das sete, lembrou-se da conversa porque ouviu a voz da sra. Wilson, alta e repreensiva, lá embaixo na garagem.

– Ele bateu em mim! – Ele a ouviu gritando. – Me jogou no chão e bateu em mim, seu covarde imundo!

Um momento depois, ela correu para a penumbra, acenando com as mãos e gritando... antes que ele pudesse abrir sua porta, a coisa toda já tinha acontecido.

O "carro da morte", como os jornais o chamavam, não parou; saiu da escuridão crescente, oscilou tragicamente por um momento e depois desapareceu na próxima curva. Mavro Michaelis nem tinha certeza da cor do carro. Disse ao primeiro policial que era verde-claro. O outro carro, que ia em direção a Nova York, parou cem metros adiante, e seu motorista voltou correndo para onde Myrtle Wilson, cuja vida acabara de modo violento, estava com os joelhos encolhidos na estrada, misturando seu sangue espesso e escuro com a poeira.

Michaelis e este homem chegaram até ela primeiro, mas quando rasgaram sua blusa na altura da cintura, ainda úmida de suor, viram que seu seio esquerdo estava totalmente solto do corpo e que não havia necessidade de ouvir o coração por baixo. A boca estava bem aberta e rasgada um pouco nos cantos, como se ela tivesse sufocado um pouco ao desistir da tremenda vitalidade que guardara por tanto tempo.

...

Vimos os três ou quatro automóveis e a multidão quando ainda estávamos a certa distância.

— Desastre! — disse Tom. — Isso é bom. Finalmente, Wilson vai ter um cliente.

Ele diminuiu a velocidade, mas ainda sem intenção de parar, até que, conforme nos aproximávamos, os rostos silenciosos e atentos das pessoas na porta da garagem o fizeram automaticamente pisar no freio.

— Vamos dar uma olhada — disse ele em dúvida — apenas uma olhada.

Foi quando escutei um som oco e uivante que saía da garagem sem parar, um som que quando saímos do cupê e caminhamos em direção à porta se converteu nas palavras "Ah, meu Deus!", proferidas repetidamente em um gemido sufocado.

— Algo muito sério aconteceu aqui — disse Tom exaltado.

Ele ficou na ponta dos pés e olhou por cima de um círculo de cabeças para a garagem, que estava iluminada apenas por uma luz amarela em um cesto de metal giratório. Então ele emitiu um som áspero com a garganta e, com um movimento violento de seus braços poderosos, abriu caminho.

O círculo se fechou novamente com um murmúrio contínuo de contestação; levou um minuto antes que eu pudesse ver qualquer coisa. Então, os recém-chegados perturbaram a linha e Jordan e eu fomos empurrados de repente para dentro.

O corpo de Myrtle Wilson, envolto em um cobertor, e depois em outro, como se ela estivesse com frio naquela noite quente, estava em cima da bancada de trabalho perto da parede, e Tom, de costas para nós, estava curvado sobre ele, imóvel. Ao lado dele estava um policial de motocicleta, coberto de suor e compenetrado, anotando nomes em um livrinho. A princípio, não consegui encontrar a fonte das palavras agudas e estridentes que ecoavam um clamor na garagem vazia; então, vi Wilson de pé na soleira elevada de seu escritório, balançando para frente e para trás e segurando nos batentes da porta com as duas mãos. Algum homem estava falando com ele em voz baixa e tentando, de vez em quando, colocar a mão em seu ombro, mas Wilson não ouvia nem via nada. Seus olhos desciam lentamente da luz oscilante para a bancada perto da parede e, então, voltavam para a luz novamente, e ele emitia incessantemente seu gemido agudo e horrível:

– Ai, meu Deus! Ai, meu Deus! Oh, Deus do céu! Ai, meu Deus!

Passado um tempo, Tom ergueu a cabeça com um gesto bruto e, depois de fitar a garagem com os olhos vidrados, dirigiu ao policial um comentário incoerente e murmurado.

– M-a-v... – o policial estava dizendo –, o...

– Não, "r" – corrigia o homem –, M-a-v-r-o...– Escute! – murmurou Tom ferozmente.

– "R" – disse o policial –, "o",,,

– "G"...

– "G" – Ele olhou para cima quando a mão larga de Tom caiu bruscamente sobre seu ombro. – O que você quer, cara?

– O que aconteceu? É isso que eu quero saber.

– Ela foi atropelada por um automóvel. Morreu na hora.

– Morreu na hora – repetiu Tom, encarando-o.

– Ela saiu correndo para a estrada. O canalha nem parou o carro.

– Eram dois carros – disse Michaelis –, um vindo e outro indo, viu?

– Indo para onde? – perguntou o policial atentamente.

– Cada um indo para um lado. Bem, ela... – A mão dele subiu em direção aos cobertores, mas parou no meio do caminho e caiu na lateral do seu corpo. – Ela correu para fora e o que vinha de Nova York bateu direto nela, estava a cinquenta ou sessenta por hora.

– Qual é o nome deste lugar aqui? – perguntou o oficial.

– Não tem nome.

Um mulato bem vestido se aproximou.

– Era um carro amarelo – disse ele. – Um grande carro amarelo. Novo.

– Viu o acidente? – perguntou o policial.

– Não, mas o carro passou por mim na estrada, acelerando. Devia estar a oitenta ou cem por hora.

– Venha aqui e deixe-me anotar seu nome. Todos quietos. Quero saber o nome dele.

Algumas palavras dessa conversa devem ter chegado ao ouvido de Wilson, que balançava na porta do escritório, porque de repente um novo tema encontrou voz entre seus gritos de sofrimento:

– Você não precisa me dizer que tipo de carro era! Eu sei que tipo de carro era!

Observando Tom, vi os músculos de seus ombros se contraírem sob o casaco. Ele caminhou rapidamente até Wilson e, de pé na frente dele, agarrou-o com firmeza pelos braços.

– Você tem que se controlar – disse abruptamente, tentando acalmá-lo.

Os olhos de Wilson pousaram em Tom; ele ficou na ponta dos pés e teria caído de joelhos se Tom não o tivesse segurado.

— Escute — disse Tom, sacudindo-o um pouco. — Cheguei aqui há um minuto, de Nova York. Eu estava trazendo para você o cupê de que estávamos falando. Aquele carro amarelo que dirigi esta tarde não era meu... ouviu? Não vejo o carro a tarde toda.

Só o negro e eu estávamos perto o suficiente para ouvir o que ele disse, mas o policial percebeu algo no tom e olhou para ele com olhos truculentos.

— O que está acontecendo aqui? — ele quis saber.

— Sou amigo dele. — disse Tom virando a cabeça, mas mantendo as mãos firmes no corpo de Wilson. — Ele diz que conhece o carro que fez isso... era um carro amarelo.

Um leve impulso moveu o policial a olhar para Tom com suspeita.

— E qual é a cor do seu carro?

— É um carro azul, um cupê.

— Viemos direto de Nova York — eu disse.

Alguém que vinha dirigindo um pouco atrás de nós confirmou o que eu dissera e o policial saiu.

— Bem, se agora você me disser aquele nome de novo, do jeito correto...

Pegando Wilson como se fosse uma boneca, Tom o carregou para o escritório, colocou-o em uma cadeira e saiu.

— Alguém tem que vir aqui para ficar com ele — pediu com autoridade. Ele observou enquanto os dois homens mais próximos se entreolharam e entraram a contragosto na sala. Então, Tom fechou a porta e desceu o único degrau, evitando olhar para a bancada. Ao passar perto de mim, ele sussurrou:

— Vamos sair daqui.

Conscientemente, com seus braços autoritários abrindo caminho na multidão, que continuava a se juntar ali, passamos por um médico apressado, com a maleta nas mãos, que fora chamado com grande esperança meia hora atrás.

Tom dirigiu devagar até passarmos a curva; então, pisou com força no acelerador e o cupê disparou noite adentro. Pouco depois, ouvi um soluço baixo e rouco e vi que lágrimas escorriam em seu rosto.

– Maldito covarde! – sussurrou. – Nem mesmo parou o carro.

...

A casa dos Buchanans surgiu de repente em nossa direção por entre as árvores escuras e farfalhantes. Tom parou ao lado da varanda e olhou para o segundo andar, onde duas janelas brilhavam com luz entre as vinhas.

– Daisy está em casa – disse ele. Quando saímos do carro, ele olhou para mim e franziu a testa ligeiramente.

– Eu deveria ter deixado você em West Egg, Nick. Não há nada que possamos fazer esta noite.

Uma mudança havia ocorrido nele e falou com seriedade e decisão. Enquanto caminhávamos pelo cascalho ao luar até a varanda, ele explicou a situação em algumas frases rápidas.

– Vou pedir um táxi para levá-lo para casa, enquanto isso, é melhor você e Jordan irem até a cozinha e pedirem para trazer o jantar... se vocês quiserem. – Ele abriu a porta. – Entrem.

– Não, obrigado. Mas ficaria agradecido se você me chamasse um táxi. Vou esperar aqui fora.

Jordan colocou a mão no meu braço.

– Você não vai entrar, Nick?

– Não, obrigado.

Eu estava me sentindo um pouco enjoado e queria ficar sozinho. Mas Jordan demorou mais um momento.

– São apenas nove e meia – disse ela.

Seria horrível se eu tivesse que entrar; estava farto de todos eles por um dia e, de repente, isso incluía Jordan também. Ela deve ter percebido isso em minha expressão, pois virou-se abruptamente e subiu correndo os degraus da varanda para dentro da casa. Sentei-me por alguns minutos com a cabeça entre as mãos, até ouvir o barulho do telefone sendo retirado do gancho e a voz do mordomo chamando um táxi. Então, caminhei lentamente para longe de casa, com a intenção de esperar no portão.

Eu não tinha andado nem vinte metros quando ouvi meu nome e Gatsby saiu do meio de dois arbustos no caminho. Devo ter me sentido muito estranho naquele momento, porque não conseguia pensar em nada, exceto na luminosidade de seu terno rosa sob o luar.

– O que você está fazendo? – perguntei.

– Só estou parado aqui, meu velho.

De alguma forma, qualquer coisa que ele estivesse fazendo parecia ser desprezível. Minha impressão era de que ele iria roubar a casa a qualquer momento e eu não ficaria surpreso em ver alguns rostos sinistros, os rostos daquela "gente do Wolfshiem", atrás dele no matagal escuro.

– Você viu algum problema na estrada? – perguntou depois de um minuto.

– Sim.

Ele hesitou.

– Ela morreu?

– Sim.

– Foi o que pensei. Eu disse a Daisy que achava isso. Foi melhor saber logo de uma vez. Ela aguentou bem.

Ele falou como se a reação de Daisy fosse a única coisa que importasse.

– Cheguei a West Egg por uma estrada secundária – continuou – e deixei o carro na minha garagem. Acho que ninguém nos viu, mas é claro que não tenho certeza.

Eu já não gostava mais tanto dele a essa altura então não achei necessário dizer que ele estava errado.

– Quem era a mulher? – perguntou.

– O sobrenome dela era Wilson. Seu marido é o dono da garagem. Mas que diabos aconteceu lá?

– Bem, eu tentei girar o volante... – fez uma pausa e, de repente, eu adivinhei a verdade.

– Daisy estava dirigindo?

– Sim – disse ele após um momento –, mas é claro que direi que era eu. Veja, quando saímos de Nova York, ela estava muito nervosa e pensou que dirigir pudesse acalmá-la. Essa mulher correu em nossa direção no momento em que passávamos por um carro que vinha na direção oposta. Tudo aconteceu em um minuto, mas me pareceu que ela queria falar conosco, achava que éramos alguém que ela conhecia. Bem, primeiro Daisy desviou da mulher em direção ao outro carro, depois perdeu a coragem e girou de volta a direção. No segundo que minha mão tocou o volante, eu senti o choque... Ela deve ter morrido na hora.

– O peito dela se abriu...

– Não me conte, meu velho. – estremeceu. – De qualquer forma, Daisy pisou no acelerador. Tentei fazê-la parar, mas ela não conseguia, então puxei o freio de mão. Ela caiu no meu colo e eu peguei o volante e continuei dirigindo.

– Amanhã ela estará melhor – disse ele imediatamente. – Só vou esperar aqui para ver se ele vai tentar incomodá-la a respeito daquela coisa desagradável desta tarde. Ela está trancada em seu quarto. Se ele tentar qualquer tipo de brutalidade, ela vai apagar e acender a luz em seguida.

– Ele não vai tocar nela – eu disse. – Ele nem está pensando nela.

– Não confio nele, meu velho.

– Quanto tempo você vai esperar?

– A noite toda, se necessário, ou pelo menos até que todos estejam na cama.

Um novo ponto de vista me ocorreu. Suponhamos que Tom descobrisse que era Daisy quem estava dirigindo. Ele poderia pensar que havia uma conexão nisso... ele poderia pensar qualquer coisa. Olhei para a casa; havia duas ou três janelas claras no andar térreo e o brilho rosa do quarto de Daisy no andar de cima.

– Você espera aqui – eu disse. – Vou ver se há algum sinal de movimento.

Caminhei de volta pela beira do gramado, atravessei o cascalho suavemente e subi na ponta dos pés os degraus da varanda. As cortinas da sala estavam abertas e vi que a sala estava vazia. Atravessando a varanda onde havíamos jantado naquela noite de junho, três meses antes, cheguei a um pequeno retângulo de luz que imaginei ser a janela da despensa. A cortina estava fechada, mas encontrei uma fresta no peitoril.

Daisy e Tom estavam sentados frente a frente na mesa da cozinha, com um prato de frango frito frio entre eles e duas garrafas de cerveja. Ele falava atentamente e com seriedade do outro lado da mesa e sua mão havia pousado sobre a mão dela. De vez em quando, ela erguia os olhos para ele e concordava com a cabeça.

Não estavam felizes, e nenhum deles havia tocado no frango ou na cerveja. No entanto, também não estavam infelizes. Havia um ar inconfundível de intimidade na cena, e qualquer pessoa diria que eles estavam conspirando juntos.

Quando saí da varanda na ponta dos pés, ouvi meu táxi procurando o caminho ao longo da estrada escura em direção à casa. Gatsby estava esperando onde eu o havia deixado no caminho.

– Está tudo quieto lá em cima? – perguntou ansiosamente.

– Sim, está tudo quieto – disse, hesitante. – É melhor você voltar para casa e dormir um pouco.

Ele balançou a cabeça.

– Quero esperar aqui até que Daisy vá para a cama. Boa noite, meu velho.

Ele colocou as mãos nos bolsos do casaco e voltou ansioso para seu posto, como se minha presença estragasse a santidade da vigília. Então me afastei e o deixei parado ao luar... cuidando de nada.

CAPÍTULO VIII

Não consegui dormir a noite toda; uma sirene de nevoeiro gemia sem parar no Estreito, e eu cambaleava meio enjoado entre a realidade grotesca e sonhos selvagens e assustadores. Perto do amanhecer, ouvi um táxi subir a estrada para a casa de Gatsby e imediatamente pulei da cama e comecei a me vestir. Senti que tinha algo a dizer a ele, algo para avisá-lo, e de manhã seria tarde demais.

Atravessando o gramado, vi que a porta da frente ainda estava aberta e ele estava encostado em uma mesa no corredor, cheio de desânimo ou sono.

– Nada aconteceu – disse ele com tristeza. – Esperei, e por volta das quatro horas ela veio até a janela e ficou lá por um minuto e depois apagou a luz.

Sua casa nunca me pareceu tão imensa como naquela noite em que procuramos cigarros nas grandes salas. Afastamos cortinas que pareciam pavilhões e tateei incontáveis metros de parede escura em busca de interruptores elétricos. Em certo momento, quase caí em cima das teclas de um piano fantasmagórico. Havia uma quantidade inexplicável de poeira por toda parte e os quartos estavam mofados, como se não fossem arejados há muitos dias. Encontrei um porta-cigarros em uma mesa da qual não me lembrava, com dois cigarros velhos e secos dentro. Abrimos as janelas francesas da sala de estar e ficamos fumando na escuridão.

– Você devia fazer uma viagem – eu disse. – É quase certo que eles irão rastrear seu carro.

– Viajar agora, meu velho?

– Vá para Atlantic City por uma semana ou Montreal.

Ele nem considerou a possibilidade. Não poderia deixar Daisy até que soubesse o que ela faria. Ele estava se agarrando a uma última esperança e eu não tinha coragem para libertá-lo dela.

Foi nesta noite que ele me contou a estranha história de sua juventude com Dan Cody. Contou-me por que "Jay Gatsby" se quebrara como vidro contra a dura malícia de Tom, e como aquela longa e secreta extravagância havia sido preparada. Acho que ele teria confirmado qualquer coisa a seu respeito agora, sem reservas, mas o que ele realmente queria era falar sobre Daisy.

Ela foi a primeira garota "decente" que ele conheceu. Em várias ocasiões, que ele não revelou, havia entrado em contato com pessoas semelhantes, mas sempre havia uma barreira de arame farpado entre eles. Ele a achou extremamente desejável. Foi à casa dela, primeiro com outros oficiais de Camp Taylor, depois sozinho. Ele ficava espantado porque nunca tinha estado em uma casa tão bela antes. Mas o que dava um ar de intensidade de tirar o fôlego era que Daisy morava ali e a mansão para ela era uma coisa tão casual quanto a tenda do acampamento era para ele. Havia um grande mistério naquela casa, uma sugestão de quartos no andar de cima mais bonitos e frescos do que outros quartos, de atividades alegres e radiantes acontecendo em seus corredores, e de romances que não estavam embolorados nem guardados em lavanda, mas que eram recentes, respirando e exalando o perfume de automóveis brilhantes do ano e bailes cujas flores ainda não tinham murchado. Também o excitava o fato de que muitos outros homens já tivessem se apaixonado por Daisy. Isso aumentava seu valor aos olhos dele. Ele sentia a presença deles por toda a casa, permeando o ar com sombras e ecos de emoções ainda vibrantes.

Mas ele sabia que estava na casa de Daisy por um acidente colossal. Por mais glorioso que fosse seu futuro como Jay Gatsby, ele era naquele momento um jovem sem um tostão, sem passado, e a qualquer momento a capa invisível de seu uniforme poderia escorregar de seus ombros. Então, ele aproveitou ao máximo seu tempo. Ele agarrou o que pôde, vorazmente e sem escrúpulos. Por fim, possuiu Daisy em uma noite tranquila de outubro, porque não tinha o direito sequer de tocar a mão dela.

Ele poderia ter sentido desprezo por si mesmo, pois certamente a tinha tomado sob falsos pretextos. Não quero dizer que ele a tenha conquistado com seus milhões fantasmagóricos, mas deliberadamente deu a Daisy uma sensação de segurança; ele a deixou acreditar que ele era uma pessoa muito parecida com ela... que ele era totalmente capaz de cuidar dela. Na verdade, ele não tinha nenhuma condição. Não tinha uma família para apoiá-lo e estava sujeito aos caprichos de um governo impessoal que poderia mandá-lo para qualquer lugar do mundo.

Mas ele não sentiu desprezo por si mesmo e as coisas não saíram como ele imaginava. Ele pretendia, provavelmente, pegar o que pudesse e ir embora, mas agora descobriu que havia se comprometido com a busca de um cálice sagrado. Ele sabia que Daisy era extraordinária, mas não percebera o quão extraordinária uma garota "decente" poderia ser. Ela desapareceu dentro de sua casa rica, em sua vida rica e plena, deixando para Gatsby... nada. Ele sentia-se casado com ela, só isso.

Quando se encontraram novamente, dois dias depois, era Gatsby quem estava sem fôlego, era ele que, de alguma forma, sentia-se traído. A varanda dela era iluminada com o luxo que podia ser adquirido do brilho das estrelas; o sofá de vime rangia de forma elegante quando ela se virava para ele e ele beijava sua boca curiosa e adorável. Ela pegara um resfriado, o que tornava sua voz mais rouca e charmosa do que nunca, e Gatsby estava totalmente ciente da juventude e do mistério que a riqueza aprisiona e preserva, do frescor de muitas roupas e de Daisy, brilhando como prata, segura e orgulhosa acima das lutas dramáticas dos pobres.

...

– Não consigo descrever como fiquei surpreso ao descobrir que a amava, meu velho. Até esperei por um tempo que ela me mandasse embora, mas ela não o fez, porque estava apaixonada por mim também. Ela achava que eu sabia tudo porque conhecia muitas coisas diferentes das que ela conhecia... Bem, lá estava eu, bem longe de realizar minhas ambições, cada vez mais apaixonado, e de repente eu não me importava com mais nada. Qual era a utilidade de fazer grandes coisas se eu podia me divertir dizendo a ela o que pretendia fazer?

Na última tarde antes de partir para o exterior, ele ficou sentado com Daisy nos braços por um longo tempo em silêncio. Era um dia frio de outono, com fogo na sala e suas faces coradas. De vez em quando, ela se movia e ele mudava um pouco o braço, e uma vez ele beijou seu cabelo escuro e brilhante. A tarde os deixara tranquilos por um tempo, como se para lhes dar uma lembrança profunda da longa despedida prometida para o dia seguinte. Eles nunca estiveram tão próximos em seu mês de amor, nem se comunicaram mais profundamente um com o outro, do que quando ela roçou seus lábios silenciosos no ombro do casaco dele ou quando ele tocou suavemente a ponta dos dedos dela, como se ela estivesse dormindo.

. . .

Ele saiu-se extraordinariamente bem na guerra. Era capitão antes de ir para a frente de combate e, após as batalhas de Argonne, ganhou a patente de major e o comando de uma divisão de metralhadores. Depois do armistício, tentou freneticamente voltar para casa, mas, em vez disso, alguma complicação ou mal-entendido o mandou para Oxford. Ele estava preocupado agora. Havia certo desespero nervoso nas cartas de Daisy. Ela não entendia por que ele não podia voltar. Estava sentindo a pressão do mundo lá fora e queria vê-lo e sentir sua presença ao lado dela e ter a certeza de que estava fazendo a coisa certa, afinal.

Isso estava acontecendo porque Daisy era jovem e seu mundo artificial era agradável e perfumado por orquídeas, cheio de condescendência e orquestras alegres que ditavam o ritmo do ano, resumindo a tristeza e o fascínio da vida em novas melodias. Todas as noites, os saxofones tocavam as notas melancólicas de "Beale Street Blues" enquanto uma centena de pares de sandálias douradas e prateadas agitavam a poeira brilhante. Na hora do chá, sempre havia salas que pulsavam incessantemente com essa febre baixa e doce, enquanto rostos novos flutuavam aqui e ali como pétalas de rosa sopradas pelos tristes lamentos da orquestra.

Com a mudança de estação, Daisy começou a se mover novamente por esse universo crepuscular; de repente, ela estava de novo mantendo meia dúzia de encontros por dia com meia dúzia de homens e cochilando ao amanhecer com as lantejoulas e o chiffon de seu vestido de noite emaranhados entre as orquídeas no chão ao lado de sua cama. E o tempo todo algo dentro dela clamava por uma decisão. Ela queria que sua vida tomasse um rumo imediatamente. E a decisão deveria ser tomada por alguma força... a do amor, do dinheiro, da praticidade inquestionável... a que estivesse mais perto dela.

Essa força tomou forma, em meados da primavera, com a chegada de Tom Buchanan. Havia um peso salutar sobre sua pessoa e sua posição social, e Daisy sentiu-se lisonjeada. Sem dúvida, houve certa relutância da parte dela e, em seguida, certo alívio. A carta chegou a Gatsby enquanto ele ainda estava em Oxford.

...

Já era madrugada em Long Island e começamos a abrir o resto das janelas do andar de baixo, enchendo a casa com uma luz que ficava cinza e dourada. A sombra de uma árvore caiu abruptamente sobre o orvalho e pássaros fantasmagóricos começaram a cantar entre as folhas azuladas. Havia um movimento lento e agradável no ar, quase um vento, prometendo um dia fresco e adorável.

– Acho que ela nunca o amou. – disse Gatsby voltando-se de uma janela e me encarando de modo desafiador. – Você deve se lembrar, meu velho, que ela estava muito animada esta tarde. Ele disse a ela aquelas coisas de uma forma que a assustou... fez parecer que eu era algum tipo de vigarista barato. E o resultado foi que ela mal sabia o que estava dizendo.

Ele sentou-se bastante melancólico.

– Claro que ela pode tê-lo amado apenas por um minuto, quando eles se casaram... mas ela me amava mais, você entende?

De repente, ele fez uma observação curiosa.

– Seja qual for o caso – disse ele –, foi apenas pessoal.

Como alguém poderia entender o que ele havia dito, exceto

suspeitar de uma intensidade, na concepção dele, que não poderia ser medida?

Ele voltou da França quando Tom e Daisy ainda estavam em lua de mel e fez uma viagem miserável, mas irresistível, para Louisville com o que restava de seu salário do exército. Ficou lá uma semana, caminhando pelas ruas onde seus passos se cruzaram durante a noite de novembro e revisitando os lugares remotos para os quais haviam dirigido no carro branco de Daisy. Assim como a casa de Daisy sempre lhe parecera mais misteriosa e alegre do que outras casas, sua ideia da cidade em si, mesmo que ela tivesse partido de lá, era permeada por uma beleza melancólica.

Ele partiu com a sensação de que, se tivesse procurado com mais atenção, poderia tê-la encontrado... sentindo que era ele quem estava deixando ela para trás. O vagão comum... agora ele estava sem um tostão... estava quente. Ele saiu para a parte externa do trem, sentou-se em uma cadeira dobrável e a estação foi ficando para trás enquanto o fundo de edifícios desconhecidos ia passando. Em seguida, apareceram os campos cheios de flores da primavera e um vagonete amarelo que passou pelo trem por um minuto com pessoas que poderiam ter visto a magia pálida do rosto de Daisy ao passearem ao longo de qualquer rua.

Os trilhos fizeram uma curva e agora estavam se afastando do sol, que, à medida que descia, parecia espalhar-se em uma bênção sobre a cidade desaparecida onde ela havia respirado. Ele estendeu a mão desesperadamente, como se para pegar apenas um fio de ar, para salvar um fragmento do lugar que ela havia tornado adorável para ele. Mas tudo estava passando rápido demais diante de seus olhos turvos e ele sabia que havia perdido uma parte, a mais límpida e a melhor de todas, para sempre.

Eram nove horas quando terminamos o café da manhã e saímos para a varanda. A noite tinha feito uma grande diferença no clima e havia um sabor de outono no ar. O jardineiro, o último dos antigos criados de Gatsby, chegou ao pé da escada.

– Vou esvaziar a piscina hoje, sr. Gatsby. As folhas começarão a cair em breve e podem causar problemas nos encanamentos.

– Não faça isso hoje – respondeu Gatsby. Ele voltou-se para mim se desculpando.

– Sabe, meu velho, não usei aquela piscina nem uma vez durante todo o verão.

Olhei para o meu relógio e levantei-me.

– Doze minutos para o meu trem.

Não queria ir à cidade. Não estava em condições de trabalhar. Na verdade, era mais do que isso... eu não queria deixar Gatsby. Perdi aquele trem, e depois outro, antes que eu realmente decidisse ir embora.

– Vou telefonar para você – eu disse finalmente.

– Faça isso, meu velho.

– Vou telefonar por volta do meio-dia.

Descemos os degraus lentamente.

– Acho que Daisy vai ligar também. – Ele olhou para mim ansioso, como se esperasse que eu confirmasse aquilo.

– Acho que sim.

– Bem, até logo.

Apertamos as mãos e eu comecei a me afastar. Pouco antes de chegar à divisa do gramado, lembrei-me de algo e me virei.

– Essa gente não presta – gritei para o outro lado do gramado. – Você vale muito mais do que eles todos juntos.

Foi muito bom ter dito isso. Foi o único elogio que fiz a ele, porque desaprovava as coisas que ele fazia do começo ao fim. Primeiro ele acenou com a cabeça educadamente, e então seu rosto ficou radiante e ele deu um sorriso compreensivo, como se estivéssemos escondendo aqueles fatos o tempo todo. Seu lindo terno rosa formava um ponto brilhante em contraste com os degraus brancos, e pensei na noite em que visitara pela primeira vez aquela casa ancestral, três meses antes. O gramado e o caminho estavam lotados com os rostos daqueles que queriam adivinhar que tipo de corrupção ele havia cometido... E ele havia permanecido naqueles degraus, escondendo seu sonho incorruptível, enquanto acenava para eles se despedindo.

Agradeci a ele por sua hospitalidade. Sempre estávamos agradecendo a ele por isso... eu e os outros.

– Até logo – gritei. – Gostei muito do café da manhã, Gatsby.

...

Na cidade, tentei por um tempo listar as cotações de uma quantidade interminável de ações e depois adormeci na minha cadeira giratória. Pouco antes do meio-dia, o telefone me acordou e comecei a sentir suor escorrendo pela testa. Era Jordan Baker; ela costumava me ligar a esta hora porque a incerteza de seus próprios movimentos entre hotéis, clubes e casas particulares tornavam difícil encontrá-la de qualquer outra forma. Normalmente, sua voz soava como algo fresco e novo, como se um pedacinho da grama verde do campo de golfe tivesse entrado voando pela janela do escritório, mas esta manhã parecia áspera e seca.

– Eu saí da casa de Daisy – disse ela. – Estou em Hempstead e vou para Southampton esta tarde.

Sair da casa de Daisy, provavelmente, foi uma questão de tato, mas o fato me irritou, e seu próximo comentário me deixou pasmo.

– Você não foi gentil comigo ontem à noite.

– E que importância isso poderia ter nessa situação?

Houve um momento de silêncio. Então:

– No entanto, quero ver você.

– Eu quero ver você também.

– E se, em vez de ir para Southampton, eu for até a cidade esta tarde?

– Não, acho que esta tarde não vai dar.

– Tudo bem.

– Esta tarde é impossível. Tenho vários...

Conversamos assim por um tempo e, de repente, não estávamos mais conversando. Não sei qual de nós desligou com um forte estalo, mas sei que não me importei. Não poderia ter falado com ela em uma mesa de chá naquele dia mesmo que eu nunca mais falasse com ela novamente neste mundo.

Liguei para a casa de Gatsby alguns minutos depois, mas a linha estava ocupada. Tentei quatro vezes; finalmente, uma telefonista impaciente me disse que a linha estava sendo mantida aberta para um telefonema de longa distância de Detroit. Pegando minha tabela com os horários dos trens, desenhei um pequeno círculo ao redor do trem das três e cinquenta. Então, recostei-me na cadeira e tentei pensar. Era apenas meio-dia.

...

Quando passei pelos montes de cinzas do trem naquela manhã, mudei deliberadamente para o outro lado do vagão. Achava que haveria uma multidão curiosa por ali o dia todo com meninos procurando por manchas escuras na poeira, e algum homem tagarela repetidamente contando o que tinha acontecido, até que se tornasse cada vez menos real, até mesmo para ele... que não contaria mais a história e a trágica morte de Myrtle Wilson seria esquecida. Agora quero voltar um pouco no tempo e contar o que aconteceu na garagem depois que saímos de lá na noite anterior.

Eles tiveram dificuldade em localizar a irmã, Catherine. Ela devia ter quebrado sua própria regra de não beber naquela noite, pois quando chegou estava totalmente bêbada e mal conseguia entender que a ambulância já tinha ido para Flushing. Quando a convenceram disso, ela desmaiou imediatamente, como se fosse a pior parte do caso. Alguém, por gentileza ou curiosidade, a levou em seu carro até o local onde estava o corpo da irmã.

Até muito depois da meia-noite, uma multidão se juntava em frente à oficina, enquanto George Wilson se balançava para frente e para trás sentado no sofá lá dentro. Por um tempo, a porta do escritório ficou aberta e todos que entraram na oficina olhavam irresistivelmente por ela. Finalmente, alguém achou que aquilo era insuportável e fechou a porta. Michaelis e vários outros homens estavam com ele; primeiro, quatro ou cinco homens, depois dois ou três homens. Mais tarde, Michaelis teve de pedir ao último estranho que esperasse mais quinze minutos ali, enquanto ele voltava para sua casa e preparava um bule de café. Depois disso, ele ficou lá sozinho com Wilson até o amanhecer.

Por volta das três horas, os murmúrios incoerentes de Wilson mudaram. Ele ficou mais quieto e começou a falar sobre o carro amarelo. Ele disse que tinha uma maneira de descobrir a quem pertencia o carro amarelo e, então, deixou escapar que alguns meses atrás sua esposa tinha vindo da cidade com o rosto machucado e o nariz inchado.

Mas, quando ele ouviu a si mesmo dizendo aquilo, ele se encolheu e começou a gritar "Ah, meu Deus!" novamente com uma voz que parecia um gemido. Michaelis fez uma tentativa desajeitada de acalmá-lo.

– Há quanto tempo você está casado, George? Vamos lá, tente se acalmar por um minuto e me responda. Por quanto tempo você ficou casado?

– Doze anos.

– Tiveram filhos? Vamos, George, acalme-se... fiz uma pergunta. Vocês tiveram filhos?

Alguns besouros marrons de casca dura continuavam batendo forte contra a luz fraca, e sempre que Michaelis ouvia um carro freando na estrada do lado de fora parecia-lhe o carro que não havia parado algumas horas antes.

Ele não queria ir até a oficina, porque a bancada de trabalho estava manchada no local onde o corpo havia sido colocado, então, ele ficou se movimentando desconfortavelmente pelo escritório e, antes do amanhecer, ele já conhecia todos os objetos. De vez em quando sentava ao lado de Wilson e tentava deixá-lo mais calmo.

– Você frequenta alguma igreja às vezes, George? Mesmo que você não vá à igreja há muito tempo, talvez eu pudesse ligar lá para pedir a um padre que venha conversar com você, não quer?

– Não frequento lugar nenhum.

– Você deveria frequentar uma igreja, George; em ocasiões como esta é bom ter uma igreja. Você não se casou em uma igreja? George, me escute. Você não se casou em uma igreja?

– Isso foi a muito tempo atrás.

O esforço de responder quebrou o ritmo de seu balanço e, por um momento, ele ficou em silêncio. Então, o mesmo olhar meio perplexo e meio atordoado voltou a seus olhos desbotados.

– Olhe na gaveta ali – disse ele, apontando para a escrivaninha.

– Qual gaveta?

– Aquela gaveta... aquela ali.

Michaelis abriu a gaveta mais próxima de sua mão. Não havia nada nela, exceto uma coleira de cachorro pequena e cara, feita de couro e prata trançada. Aparentemente era novinha.

– Esta? – perguntou, segurando-a.

Wilson olhou e acenou com a cabeça.

– Encontrei isso ontem à tarde. Ela tentou me contar sobre isso, mas eu sabia que algo estranho estava acontecendo.

– Você quer dizer que sua esposa comprou?

– Ela embrulhou essa coisa em papel de seda e colocou dentro da sua cômoda.

Michaelis não viu nada de estranho nisso e deu a Wilson uma dúzia de motivos pelos quais sua esposa poderia ter comprado a coleira. Mas é possível que Wilson tivesse ouvido algumas dessas mesmas explicações antes, de Myrtle, porque ele começou a sussurrar novamente "Ah, meu Deus!"... seu companheiro deixou várias explicações no ar.

– Então ele a matou – disse Wilson. E, de repente, ficou de boca aberta.

– Quem a matou?

– Eu tenho uma maneira de descobrir.

– Você está doente, George – disse o amigo. – Tudo isso deixou você exausto e você não sabe mais o que está dizendo. É melhor ficar quietinho aqui até amanhã de manhã.

– Ele a matou.

– Foi um acidente, George.

Wilson balançou a cabeça. Seus olhos se estreitaram e sua boca alargou-se um pouco mais com o fantasma de "Hummm!" de superioridade.

– Eu sei – disse ele definitivamente. – Sou um desses caras que confia em todo mundo e não faço mal a ninguém, mas, quando digo que sei de uma coisa, eu sei mesmo. Foi o homem naquele carro. Ela saiu correndo para falar com ele e ele não parou.

Michaelis também tinha visto, mas não lhe ocorrera que pudesse ter algum significado especial. Ele acreditava que a sra. Wilson estava fugindo do marido, em vez de tentar parar um carro em particular.

– Como ela poderia saber?

– Ela é esperta – disse Wilson, como se isso respondesse à pergunta. – Ah...

Ele começou a balançar novamente, e Michaelis ficou retorcendo a coleira na mão.

– Você tem algum amigo para quem eu talvez possa telefonar, George?

Era uma esperança perdida... ele tinha quase certeza de que Wilson não tinha amigo nenhum. Ele não conseguiu conquistar a própria esposa. Ele ficou mais alegre um pouco mais tarde, quando percebeu uma mudança na sala, um tom azul entrando pela janela, e percebeu que o amanhecer não estava longe. Por volta das cinco horas, estava azul o suficiente do lado de fora para apagar a luz.

Os olhos vidrados de Wilson se voltaram para os montes de cinzas, nos quais pequenas nuvens cinzentas assumiram formas fantásticas e corriam aqui e ali no fraco vento do amanhecer.

– Eu falei com ela – murmurou ele, após um longo silêncio. – Eu disse a ela que podia me enganar, mas não poderia enganar a Deus. Eu a levei até a janela – com certo esforço, ele levantou-se, foi até a janela na parte de trás e inclinou-se com o rosto pressionado contra a vidraça. – Eu disse a ela: "Deus sabe o que você tem feito, tudo o que tem feito. Você pode me enganar, mas não pode enganar a Deus!".

Parado atrás dele, Michaelis viu com choque que ele estava olhando para os olhos do Dr. T. J. Eckleburg, que acabavam de surgir, pálidos e enormes, após a noite que estava terminando.

– Deus vê tudo – repetiu Wilson.

– Aquilo é um anúncio – disse Michaelis. Algo o fez se afastar da janela e olhar para dentro da sala. Mas Wilson ficou lá por muito tempo, com o rosto perto da vidraça, acenando para o crepúsculo.

...

Às seis horas, Michaelis estava exausto e sentiu-se agradecido com o som de um carro parando do lado de fora. Era um dos vigias da noite anterior que prometeu voltar, então, ele preparou o café da manhã para três, que ele e o outro homem comeram juntos. Wilson estava mais quieto agora, e Michaelis foi para casa dormir; quando ele acordou, quatro horas depois, e voltou correndo para a oficina, Wilson havia sumido.

Seus movimentos, ele estava o tempo todo a pé, foram posteriormente rastreados até Port Roosevelt e, em seguida, para Gad's Hill, onde comprou um sanduíche que não comeu e tomou uma xícara de café. Ele devia estar cansado e andando devagar, pois só chegou a Gad's Hill ao meio-dia. Até aquele momento, não houve dificuldade em descobrir como gastou seu tempo. Alguns meninos relataram ter visto um homem "agindo como um louco" e motoristas disseram que ele olhava para eles de modo estranho da beira da estrada. Então, por três horas, ele desapareceu de vista. A polícia, com base no que ele disse a Michaelis, de que ele "tinha um jeito de descobrir", supôs que ele tinha passado esse tempo indo de oficina em oficina, perguntando por um carro amarelo. Por outro lado, nenhum homem que estivesse em uma das oficinas afirmou tê-lo visto, e talvez ele tivesse uma maneira mais fácil e segura de descobrir o que queria saber. Às duas e meia, ele estava em West Egg, onde perguntou a alguém o caminho para a casa de Gatsby. Então, a essa altura, ele já sabia o nome de Gatsby.

...

Às duas horas, Gatsby vestiu sua roupa de banho e disse ao mordomo que, se alguém telefonasse, o avisassem na piscina. Parou na garagem para pegar um colchão inflável que divertia seus convidados durante o verão, e o motorista o ajudou a enchê-lo de ar. Em seguida, deu instruções para que o carro aberto não fosse retirado em nenhuma circunstância... e isso era estranho, porque o para-lama dianteiro direito precisava de conserto.

Gatsby colocou o colchão no ombro e foi para a piscina. Parou uma vez e ajeitou-se um pouco; o chofer perguntou se ele precisava de ajuda, mas ele balançou a cabeça e logo desapareceu entre as árvores, cujas folhas já estavam ficando amareladas.

Nenhuma mensagem telefônica chegou, mas o mordomo resolveu não tirar sua soneca e esperou até as quatro horas – até muito depois de não haver mais ninguém a quem dar a mensagem, se chegasse. Tenho a impressão de que o próprio Gatsby não acreditava que haveria alguma mensagem e talvez nada mais tivesse importância para ele. Se isso fosse verdade, ele deve ter sentido que perdera seu velho mundo caloroso, que pagara um preço muito alto por viver muito tempo com um único sonho. Deve ter olhado para um céu estranho por entre as folhas sinistras e estremecido ao descobrir que coisa grotesca é uma rosa e como a luz do sol brilhava sobre a grama que acabara de brotar. Um novo mundo, material e irreal, onde pobres fantasmas, respirando sonhos como o ar, vagavam fortuitamente... como aquela figura fantástica e cinzenta deslizando em sua direção por entre as árvores amorfas.

O chofer, que era um dos protegidos de Wolfshiem, ouviu os tiros e mais tarde ele disse que não havia dado muita importância para eles. Dirigi da estação diretamente para a casa de Gatsby e minha corrida ansiosa pelos degraus da frente foi o primeiro alarme para as pessoas da casa. Mas tenho certeza de que ficaram sabendo naquele exato momento. Quase sem dizer uma palavra, nós quatro, o chofer, o mordomo, o jardineiro e eu, corremos para a piscina.

Havia um leve movimento da água, quase imperceptível, enquanto o fluxo de uma extremidade avançava em direção ao dreno na outra. Com pequenas ondulações que não chegavam a formar ondas, o colchão de ar deslizava irregularmente pela piscina. Uma pequena rajada de vento que não era suficiente para balançar a superfície bastava para desviar seu curso involuntário com sua carga acidental. O contato com um ramo de folhas o fez girar lentamente, traçando, como se fosse um desvio de trânsito, um fino círculo vermelho na água.

Foi quando estávamos carregando Gatsby em direção à casa que o jardineiro viu o corpo de Wilson um pouco mais adiante na grama, e o holocausto estava completo.

CAPÍTULO IX

Depois de dois anos, lembro-me do resto daquele dia, e daquela noite e do dia seguinte, apenas como um desfile interminável de policiais, fotógrafos e jornalistas entrando e saindo pela porta da frente da casa de Gatsby. Colocaram uma corda esticada no portão principal e um policial junto dela para manter os curiosos afastados, mas os meninos logo descobriram que podiam entrar pelo meu quintal, e sempre havia alguns deles amontoados de boca aberta em volta da piscina. Alguém com uma atitude positiva, talvez um detetive, usou a expressão "louco" quando se curvou sobre o corpo de Wilson naquela tarde, e a autoridade acidental de sua voz definiu o tom para as reportagens do jornal na manhã seguinte.

A maioria dessas reportagens era um pesadelo... grotescas, circunstanciais, sensacionalistas e falsas. Quando o depoimento de Michaelis no inquérito trouxe à tona as suspeitas de Wilson sobre a fidelidade de sua esposa, pensei que toda a história logo seria servida como um escândalo picante. Mas Catherine, que poderia ter dito qualquer coisa, não disse uma palavra. Ela demonstrou uma integridade surpreendente sobre isso também; olhando para o magistrado com determinação em seus olhos, sob aquela sobrancelha artificialmente marcada, ela jurou que sua irmã nunca tinha visto Gatsby, que ela estava totalmente feliz com seu marido e que sua irmã não estava envolvida em nenhuma atividade ilícita. Ela convenceu a si própria de que seu depoimento era real e chorou muito, como se não pudesse suportar o fato de o contrário ser verdadeiro.

Assim, Wilson foi reduzido a um homem "perturbado pela dor" para que o caso pudesse ser arquivado em sua forma mais simples. E, assim, o assunto foi encerrado.

Mas toda essa parte parecia remota e sem importância. A única pessoa que estava do lado de Gatsby era eu. A partir do momento em que telefonei para West Egg para dar a notícia da catástrofe, todas as suposições sobre ele e todas as questões práticas foram encaminhadas a mim. No começo, fiquei surpreso e confuso; então, enquanto ele estava deitado em sua casa, imóvel, sem respirar ou falar, hora após hora, percebi que eu era o responsável, porque ninguém mais estava interessado... quero dizer, interessado com aquele intenso comprometimento pessoal pelo qual todo mundo tem um vago direito quando sua vida chega ao fim.

Telefonei para Daisy meia hora depois de encontrá-lo, liguei para ela por instinto e sem hesitação. Mas ela e Tom haviam partido no início da tarde e levado algumas malas com eles.

– Não deixaram endereço?"

– Não.

– Disseram quando voltariam?

– Não.

– Alguma ideia de onde eles tenham ido? Como eu poderia entrar em contato com eles?

– Não sei. Não posso dizer.

Eu queria encontrar mais alguém para estar ali com ele. Queria ir para a sala onde ele estava deitado e tranquilizá-lo dizendo: "Vou encontrar alguém para ficar aqui com você, Gatsby. Não se preocupe. Apenas confie em mim e eu encontrarei alguém...

O nome de Meyer Wolfshiem não estava na lista telefônica. O mordomo me deu o endereço do escritório dele na Broadway e telefonei para o serviço de informações, mas quando consegui o número já passava das cinco e ninguém atendeu.

– Poderia ligar de novo? – pedi à telefonista

– Já liguei três vezes.

– O assunto é muito importante.

– Desculpe-me, senhor. Acho que não há mais ninguém no local.

Voltei para a sala e pensei por um instante que todas aquelas pessoas da polícia, que de repente encheram a casa, eram visitantes casuais. Mas, embora eles puxassem o lençol e olhassem para Gatsby com olhos chocados, o protesto dele continuava a ecoar em meu cérebro:

– Olha aqui, meu velho, você tem que encontrar alguém para o meu velório. Você tem que se esforçar. Eu não posso passar por tudo isso sozinho.

Alguém começou a me fazer perguntas, mas eu me afastei e, subindo as escadas, dei uma olhada rápida nas partes destrancadas de sua escrivaninha, pois ele nunca me disse claramente que seus pais estavam mortos. Mas não havia nada, apenas a fotografia de Dan Cody olhando para baixo, como um símbolo de violência esquecida.

Na manhã seguinte, enviei o mordomo a Nova York com uma carta para Wolfshiem, pedindo informações e insistindo para que ele viesse no próximo trem. Esse pedido parecia supérfluo quando o escrevi. Tinha certeza de que ele viria assim que lesse os jornais, assim como eu tinha certeza de que receberia um telegrama de Daisy antes do meio-dia. Mas nenhum telegrama foi recebido e nem o sr. Wolfshiem apareceu; ninguém compareceu, exceto mais policiais, fotógrafos e jornalistas. Quando o mordomo retornou com a resposta de Wolfshiem, comecei a ter um sentimento de desafio, de solidariedade entre Gatsby e eu e desprezo por todos os outros.

Caro sr. Carraway,
Este foi um dos choques mais terríveis da minha vida e não consigo acreditar que seja verdade. Um ato tão louco como o deste homem deve fazer com que todos nós pensemos melhor sobre nossas vidas. Não posso viajar até aí agora porque estou ocupado com negócios muito importantes e não sou capaz de me envolver com isso agora. Se houver alguma coisa que eu possa fazer um pouco mais tarde, avise-me em uma carta para Edgar. Quando recebo uma notícia dessas, mal sei onde estou e fico completamente abalado.
Sinceramente,
Meyer Wolfshiem

e, mais abaixo, havia um adendo escrito às pressas:

Deixe-me saber sobre o funeral etc., não conheço ninguém da família dele.

Quando o telefone tocou naquela tarde e a telefonista disse que era um telefonema de longa distância de Chicago, pensei que finalmente fosse Daisy. Mas a conexão veio como uma voz masculina, muito fina e distante.
– Aqui é Slagle falando...
– Sim? – O nome era desconhecido para mim.
– Que droga de notícia, não? Recebeu meu telegrama?
– Não chegou nenhum telegrama.

— O jovem Parke está em apuros — disse ele rapidamente. — Pegaram ele quando estava entregando as ações no balcão. Receberam uma circular de Nova York dando os números apenas cinco minutos antes. O que você sabe sobre isso, hein? Nunca dá para dizer o que vai acontecer nessas cidades pequenas...

— Alô! — interrompi sem fôlego. — Escute aqui... não sou o sr. Gatsby. O sr. Gatsby está morto.

Houve um longo silêncio do outro lado da linha, seguido por uma exclamação... depois um grito rápido e, então, a conexão foi interrompida.

...

Acho que foi no terceiro dia que chegou um telegrama assinado por Henry C. Gatz de uma cidadezinha de Minnesota. Dizia apenas que o remetente estava partindo imediatamente e que adiassem o funeral até que ele chegasse.

Era o pai de Gatsby, um velho solene, muito desamparado e infeliz, que vestia um longo casaco de lã barata para aquele dia quente de setembro. Seus olhos lacrimejavam continuamente devido à agitação e, quando tirei a sacola e o guarda-chuva de suas mãos, ele começou a puxar tão incessantemente sua barba grisalha e rala que tive dificuldade em tirar seu casaco. Ele estava a ponto de desmaiar, então, levei-o para a sala de música e fiz com que se sentasse enquanto pedia algo para ele comer. Mas ele não quis comer, e o leite escorria do copo sobre sua mão trêmula.

— Eu vi no jornal de Chicago — disse ele. — Estava tudo no jornal de Chicago. Vim assim que fiquei sabendo.

— Eu não sabia como entrar em contato com o senhor.

Seus olhos moviam-se incessantemente pela sala, mas ele não conseguia ver nada.

– Era um louco – disse ele. – O homem deve ter ficado louco.

– Quer um pouco de café? – insisti.

– Não quero nada. Estou bem agora, sr. ...

– Carraway.

– Bem, estou bem agora. Onde eles colocaram Jimmy?

Levei-o até a sala onde estava seu filho e o deixei lá. Alguns meninos subiram os degraus e olhavam para o corredor; quando eu disse a eles quem havia chegado, foram embora com relutância.

Depois de algum tempo, o sr. Gatz abriu a porta e saiu, com a boca entreaberta, o rosto ligeiramente vermelho, os olhos pingando lágrimas isoladas e impontuais. Ele havia chegado a uma idade em que a morte não era mais uma surpresa medonha, e quando olhou ao redor pela primeira vez e viu a altura e o esplendor do salão e as grandes salas que se abriam para outras salas sua dor começou a se misturar com um orgulho reverente. Ajudei-o a subir para um quarto no andar de cima; enquanto ele tirava o casaco e o colete, eu disse a ele que todos os arranjos para o enterro haviam sido adiados até que ele chegasse.

– Não sabia se o senhor gostaria de acompanhar o sepultamento, sr. Gatsby.

– Meu nome é Gatz.

– Sr. Gatz. Achei que o senhor gostaria de levar o corpo para o Oeste.

Ele balançou a cabeça.

– Jimmy sempre gostou mais do Leste. Ele subiu na vida trabalhando no Leste. Você era amigo do meu filho, sr....?

– Éramos amigos íntimos.

– Ele tinha um grande futuro diante dele, você sabe. Ele era apenas um jovem, mas tinha muita capacidade de usar o cérebro aqui...

Ele tocou a própria cabeça de maneira impressionante e eu concordei.

– Se tivesse vivido mais tempo, teria sido um grande homem. Um homem como James J. Hill[19]. Ele teria ajudado a construir o país.

– Isso é verdade – eu disse, sentindo-me um tanto desconfortável.

Ele tateou a colcha bordada, tentando tirá-la da cama, deitou-se rigidamente e adormeceu no mesmo instante.

Naquela noite, uma pessoa obviamente assustada ligou e exigiu saber quem eu era antes de dar seu nome.

– Aqui é o sr. Carraway – eu disse.

– Ah! – Ele parecia aliviado. – Aqui é Klipspringer.

Fiquei aliviado também, porque isso poderia ser a indicação de que haveria outro amigo junto à sepultura de Gatsby. Eu não queria que as informações sobre o enterro saíssem nos jornais e atraíssem uma multidão de turistas, então, eu mesmo liguei para algumas pessoas. Mas estava difícil encontrá-las.

– O funeral é amanhã – eu disse. – Três horas, aqui na casa. Eu gostaria que você comunicasse a qualquer outra pessoa que estivesse interessada.

– Ah, eu direi sim – respondeu de forma apressada. – Provavelmente não encontrarei mais ninguém, mas se eu encontrar...

O tom de sua voz deixou-me desconfiado.

– Mas é claro que você virá, certo?

– Bem, eu realmente vou tentar. Mas, telefonei porque...

---

19   James Jerome Hill (1838-1916), financista norte-americano.

– Espere um minuto – interrompi. – Que tal dizer que você virá?

– Bem, a realidade é que estou na casa de algumas pessoas em Greenwich, e elas fazem questão que eu fique aqui até amanhã. Na verdade, elas irão fazer uma espécie de piquenique ou algo assim. Claro que farei o meu melhor para comparecer.

Eu soltei um irrestrito "Huhhh!", e ele deve ter me ouvido, porque continuou falando com certo nervosismo na voz:

– Estou telefonando para falar sobre um par de sapatos que deixei aí. Gostaria de saber se é possível o mordomo enviá-lo para mim. Na realidade, são meus tênis e eu fico meio desamparado sem eles. Meu endereço é: Aos cuidados de B. F. ...

Não ouvi o resto do nome porque desliguei o telefone.

Depois disso, fiquei um pouco envergonhado por Gatsby. Um cavalheiro para quem telefonei deixou implícito que ele havia recebido o que merecia. No entanto, a culpa foi minha, pois ele era um dos que costumava zombar de Gatsby tendo a coragem de beber os drinques oferecidos pelo próprio Gatsby, e eu deveria ter pensado melhor antes de chamá-lo.

Na manhã do funeral, fui a Nova York para encontrar Meyer Wolfshiem; parecia impossível alcançá-lo de outra forma. A porta que empurrei, seguindo a orientação de um ascensorista, estava marcada como "The Swastika Holding Company" e, a princípio, não parecia haver ninguém lá dentro. Mas, depois que gritei "olá" várias vezes em vão, uma discussão estourou atrás de uma divisória, e logo uma adorável judia apareceu em uma porta interna e me examinou com olhos negros hostis.

– Não tem ninguém no escritório – disse ela. – O sr. Wolfshiem foi para Chicago.

A primeira parte disso era obviamente falsa, pois alguém havia começado a assobiar "The Rosary" do outro lado da divisória e estava bem desafinado.

– Por favor, diga que o sr. Carraway deseja vê-lo.

– Não posso trazê-lo de volta de Chicago, posso?

Neste momento, a voz inconfundível de Wolfshiem chamou "Stella!" do outro lado da porta.

– Deixe seu nome na mesa – disse ela rapidamente. – Darei o recado a ele quando voltar.

– Mas eu sei que ele está aí.

Ela deu um passo em minha direção e começou a deslizar as mãos indignada, para cima e para baixo, por sobre os seus quadris.

– Vocês, rapazes, acham que podem forçar a entrada aqui a qualquer momento – retrucou. – Estamos cansados disso. Quando eu digo que ele está em Chicago, é porque ele está em Chicago.

Eu mencionei Gatsby.

– Ah! – Ela olhou para mim novamente. – Espere um... Como é mesmo seu nome?

Ela desapareceu. Em um instante, Meyer Wolfshiem estava solenemente na porta, estendendo as duas mãos. Ele me chamou para seu escritório, comentando com uma voz reverente que era um momento triste para todos nós e ofereceu-me um charuto.

– Minha memória remonta à primeira vez que o conheci – disse ele. – Um jovem major recém-saído do exército e coberto de medalhas que ganhou na guerra. Ele estava tão duro que teve que continuar usando seu uniforme porque não podia comprar roupas normais. A primeira vez que o vi foi quando ele entrou na sala de sinuca de Winebrenner na 43rd Street e pediu um emprego. Ele não comia nada há alguns dias. "Venha almoçar comigo" – eu disse. Ele comeu mais de quatro dólares em comida em meia hora.

– Foi você quem o iniciou no negócio? – perguntei.

– Iniciá-lo! Eu o fiz.

– Ah.

– Eu o tirei da sarjeta. Percebi imediatamente que ele era um jovem cavalheiro de boa aparência, e quando ele me disse que estava em "Oggsford" soube que poderia aproveitá-lo bem. Consegui que ele se juntasse à Legião Americana e ele conseguiu chegar a um alto posto lá. Logo depois, ele fez um trabalho para um cliente meu em Albany. Ficamos muito íntimos – ele ergueu dois dedos gordos e bulbosos – sempre juntos.

Fiquei imaginando se essa parceria incluía a transação do Campeonato Mundial de 1919.

– Agora ele está morto – eu disse depois de um momento. – Você era o amigo mais próximo dele, então, sei que vai querer ir ao funeral dele esta tarde.

– Gostaria muito de ir.

– Bem, venha então.

O cabelo em suas narinas estremeceu ligeiramente e, quando ele balançou a cabeça, seus olhos se encheram de lágrimas.

– Não posso ir, não posso me envolver nesse assunto – disse ele.

– Não há nada para se envolver. Agora acabou tudo.

– Quando um homem é assassinado, nunca me envolvo de jeito nenhum. Eu fico de fora. Quando eu era jovem, era diferente. Se um amigo meu morresse, não importa como, eu ficava com ele até o fim. Você pode pensar que é sentimentalismo, mas é isso mesmo que eu quero dizer: ficava com ele até o amargo fim.

Percebi que, por algum motivo, ele estava decidido a não ir ao funeral, então, me levantei.

– Você frequenta alguma universidade? – perguntou de repente.

Por um momento, pensei que ele fosse sugerir uma "gonegsão", mas ele apenas acenou com a cabeça e apertou minha mão.

– Devemos aprender a demonstrar nossa amizade por um homem enquanto ele está vivo e não depois de morto – sugeriu ele. – Depois disso, minha regra é deixar as coisas se resolverem por si só.

Quando saí de seu escritório, o céu havia escurecido, e voltei para West Egg debaixo de uma garoa. Depois de trocar de roupa, fui até a porta ao lado e encontrei o sr. Gatz andando para cima e para baixo com entusiasmo no corredor. O orgulho que sentia por seu filho e pelas posses dele aumentava a cada minuto e agora tinha algo para me mostrar.

– Jimmy enviou-me esta fotografia. – Ele pegou sua carteira com os dedos trêmulos. – Dê uma olhada.

Era uma fotografia da casa, rachada nos cantos e suja por muitas mãos. Ele apontou cada detalhe para mim avidamente. – Olhe ali! – ele indicava e então procurava admiração em meus olhos. Ele tinha mostrado isso tantas vezes que eu acho que era mais real para ele agora do que a própria casa.

– Jimmy mandou para mim. Eu acho que é uma foto muito bonita. Mostra bem a casa.

– Muito bem. O senhor o viu recentemente?

– Ele veio me ver há dois anos e comprou a casa onde moro agora. É claro que brigamos quando ele fugiu de casa, mas agora vejo que havia uma razão para isso. Ele sabia que tinha um grande futuro pela frente. E, desde que ele alcançou o sucesso, ele foi muito generoso comigo.

Ele parecia relutante em guardar a foto, segurou-a demoradamente, por mais um minuto, diante dos meus olhos. Em seguida, ele guardou-a na carteira e tirou do bolso um exemplar velho e esfarrapado de um livro chamado Hopalong Cassidy[20].

– Olhe aqui, este é o livro que ele tinha quando era menino. Isso apenas mostra a você como ele era.

Ele abriu a contracapa e virou para que eu pudesse ver. Na última folha em branco, estava escrito em letra de forma a palavra HORÁRIOS e a data 12 de setembro de 1906. E logo abaixo:

Levantar da cama	6h
Exercício com halteres e escalada de parede	6h15 - 6h30
Estudar elétrica etc.	7h15 - 8h15
Trabalhar	8h30 - 16h30
Beisebol e esportes	16h30 - 17h
Praticar dicção, postura e como obtê-los	17h - 18h
Estudar invenções necessárias	19h - 21h

Resoluções Gerais
* Não perder tempo no Shafters ou [um nome indecifrável]
* Parar de fumar e de mascar chicletes
* Tomar banho todos os dias
* Ler um livro ou revista instrutiva por semana para se desenvolver melhor
* Economizar $ 5,00 [riscado] $ 3,00 por semana
* Ser um filho melhor para meus pais

– Encontrei este livro por acaso – disse o velho. – Ele apenas mostra que tipo de garoto ele era, não é verdade?

---

20 "Mocinho" de muitos filmes de faroeste, interpretado pelo ator William Boyd (1895-1972), mais conhecido pelas revistas em quadrinhos resultantes da reunião de tiras publicadas na seção de *comics* dos jornais, desenhadas por Dan Spiegle a partir de 1949.

— Sim, mostra bem como ele era.

— Jimmy estava destinado a progredir na vida. Sempre teve algumas resoluções como esta ou algo parecido. Você observou o que ele fazia para se desenvolver melhor? Ele sempre foi bom nisso. Uma vez ele me disse que eu comia como um porco e eu lhe dei uma surra por causa disso.

Ele estava relutante em fechar o livro, lendo cada item em voz alta, e então olhou ansioso para mim. Acho que ele esperava que eu copiasse a lista para meu próprio uso.

Um pouco antes das três, chegou o pastor luterano de Flushing, e, sem perceber, comecei a olhar pela janela em busca de outros carros. O pai de Gatsby também começou a fazer a mesma coisa. E, à medida que o tempo passava e os criados entravam e ficavam esperando no corredor, seus olhos começaram a piscar ansiosamente e ele falou sobre a chuva de uma forma preocupada e incerta. O pastor olhou várias vezes para o relógio, então, eu o chamei de lado e pedi que esperasse meia hora. Mas não adiantou. Ninguém veio.

...

Por volta das cinco horas, nossa procissão de três carros chegou ao cemitério e parou ao lado do portão em meio a uma garoa muito forte. Primeiro um carro fúnebre, horrivelmente preto e úmido, depois o sr. Gatz, o pastor e eu na limusine, e um pouco mais atrás quatro ou cinco criados e o carteiro de West Egg, todos na caminhonete de Gatsby, totalmente encharcados. Quando começamos a cruzar o portão do cemitério, ouvi um carro parar e, em seguida, o som de alguém andando atrás de nós pisando nas poças de água do chão encharcado. Olhei em volta. Era o homem com óculos que pareciam olhos de coruja que eu havia encontrado na biblioteca uma noite, três meses antes, e que ficara maravilhado com os livros de Gatsby.

Nunca mais o tinha visto. Não sei como ele soube do funeral, nem mesmo soube o nome dele. A chuva caiu sobre seus óculos grossos, e ele os tirou e enxugou para ver a lona protetora que estava sendo retirada do túmulo aberto para Gatsby.

Tentei pensar em Gatsby por um momento, mas ele já estava muito longe dali, e só conseguia me lembrar, sem ressentimento, que Daisy não tinha enviado qualquer mensagem, nem sequer uma flor. Vagamente ouvi alguém murmurar "Bem-aventurados os mortos sobre os quais a chuva cai", e então o homem de olhos de coruja disse "Amém", com uma voz firme.

Descemos rapidamente sob a chuva até os carros. O homem dos olhos de coruja parou para falar comigo no portão.

– Não consegui ir até a casa – comentou.

– Ninguém mais conseguiu.

– Não me diga! –disse. – Ora, meu Deus! Costumavam ir às centenas.

Ele tirou os óculos e enxugou-os novamente, por fora e por dentro.

– Pobre filho da mãe... – disse ele.

...

Entre as memórias mais vívidas que tenho estão a de eu voltando para o Oeste, para minha casa, da escola preparatória e mais tarde da faculdade na época do Natal. Aqueles que iam além de Chicago se reuniam na velha e escura Union Station às seis horas de uma noite de dezembro, com alguns amigos de Chicago, já envolvidos pelo espírito alegre das férias, para despedir-se rapidamente. Lembro-me dos casacos de pele das meninas voltando da casa da srta. Isto ou Aquilo e a tagarelice da respiração ofegante e as mãos acenando no alto quando avistávamos velhos conhecidos e os convites correspondentes: "Você vai até os Ordway?", "Vai ver os Hersey?", "Vai visitar os Schultz?". Lembro também dos longos bilhetes verdes apertados com força em nossas mãos enluvadas. E, por último, dos sombrios vagões amarelos da ferrovia Chicago, Milwaukee & St. Paul, que pareciam tão alegres quanto o próprio Natal, estacionados nos trilhos ao lado do portão.

Quando saíamos para a noite de inverno e a verdadeira neve, a nossa neve, começava a estender-se ao nosso lado e cair cintilando contra as janelas, e as luzes fracas das pequenas estações de Wisconsin se moviam, uma barreira forte e estimulante surgia de repente no ar. Nós inspirávamos profundamente este ar enquanto voltávamos do jantar passando pelas partes externas e frias dos vagões, indescritivelmente conscientes de nossa identidade com essa região durante uma hora estranha, antes de nos misturarmos, de novo, indistintamente a ela.

Esse é o meu Centro-Oeste. Não os milharais, as pradarias ou as cidadezinhas perdidas colonizadas pelos suecos, mas as emocionantes viagens de trem voltando para casa na minha juventude, os lampiões e guizos do trenó na escuridão gelada e as sombras das guirlandas de azevinho projetadas na neve pelas janelas iluminadas. Faço parte disso, sinto-me um pouco solene com a sensação daqueles longos invernos, um pouco complacente por ter crescido na casa dos Carraway em uma cidade onde as residências ainda são chamadas pelo nome de família por décadas. Vejo agora que esta é uma história sobre o Oeste: Tom e Gatsby, Daisy, Jordan e eu, todos nascidos no Oeste e talvez possuíssemos alguma deficiência em comum que nos tornasse pouco adaptáveis à vida da Costa Leste.

Mesmo quando o Leste me entusiasmava mais, mesmo quando percebia de forma mais profunda a sua superioridade em relação às cidades entediantes, dispersas e dilatadas além do rio Ohio, com seus intermináveis interrogatórios que poupavam apenas as crianças e os muito velhos... mesmo assim eu sempre tinha a ideia de uma certa distorção. West Egg, em especial, ainda figura em meus sonhos mais fantásticos. Eu a vejo como uma cena noturna de El Greco: uma centena de casas, ao mesmo tempo convencionais e grotescas, amontoadas sob um céu sombrio e opressivo e iluminadas por uma lua sem brilho. Em primeiro plano, quatro homens solenes usando ternos caminham pela calçada com uma maca sobre a qual está uma mulher bêbada em um vestido de noite branco. Sua mão, que balança para o lado, brilha fria com joias. Sérios, os homens param diante de uma casa: a casa errada. Mas ninguém sabe o nome da mulher e ninguém se importa.

Depois da morte de Gatsby, a Costa Leste me parecia assombrada, distorcida, e eu não conseguia corrigir essa deformação. Então, quando a fumaça azulada das fogueiras de folhas quebradiças estava no ar e o vento soprava a roupa molhada e estendida no varal, decidi voltar para casa.

Havia uma coisa que eu deveria fazer antes de partir, uma coisa estranha e desagradável que talvez fosse melhor deixar de lado. Mas eu queria deixar as coisas em ordem e não apenas confiar que aquele mar dócil e indiferente fosse varrer para longe todo lixo que havia dentro de mim. Fui ver Jordan Baker e tivemos uma longa conversa sobre o que havia acontecido conosco juntos, e o que acontecera depois comigo, e ela ficou perfeitamente imóvel, ouvindo, sentada em uma grande poltrona.

    Ela estava vestida como se fosse jogar golfe, e eu me lembro de pensar que ela parecia uma boa ilustração, seu queixo erguido mostrando um pouco de confiança, os cabelos da cor de folhas de outono, o rosto bronzeado do mesmo tom castanho da luva sem dedos repousada sobre seu joelho. Quando terminei, ela me disse sem fazer nenhum tipo de comentário que estava noiva de outro homem. Duvidei disso, entretanto, havia vários com que ela poderia ter se casado com um simples aceno de cabeça, mas fingi estar surpreso. Por apenas um minuto me perguntei se não estava cometendo um erro, então, pensei em tudo que havia acontecido e rapidamente me levantei e disse adeus.

    – Entretanto, foi você quem me deu o fora – disse Jordan de súbito. – Você me deu o fora pelo telefone. Não dou a mínima para você agora, mas foi uma experiência nova para mim e fiquei um pouco atordoada por um tempo.

    Apertamos as mãos.

    – Ah, e você se lembra – acrescentou – de uma conversa que tivemos uma vez sobre dirigir um carro?

    – Ora... não muito bem.

    – Você lembra de ter dito que um mau motorista só estaria seguro quando encontrasse outro mau motorista? Bem, conheci outro motorista ruim, não é? Quero dizer que foi descuido da minha parte fazer uma suposição tão errada. Achei que você fosse uma pessoa honesta e direta. Achei que fosse seu orgulho secreto.

    – Tenho trinta anos – eu disse. – Estou cinco anos além da idade em que poderia mentir para mim mesmo e chamar isso de honra.

Ela não respondeu. Zangado, meio apaixonado por ela e tremendamente arrependido, afastei-me.

...

Uma tarde, no final de outubro, encontrei Tom Buchanan. Ele caminhava à minha frente pela Quinta Avenida com seu jeito alerta e agressivo, as mãos um pouco afastadas do corpo como se estivessem prontas para lutar contra qualquer interferência, a cabeça movendo-se bruscamente para os lados, adaptando-se aos olhos inquietos. Assim que diminuí a velocidade para evitar ultrapassá-lo, ele parou e começou a franzir a testa diante da vitrine de uma joalheria. De repente, ele me viu e voltou até onde eu estava, estendendo-me a mão.

– Qual é o problema, Nick? Não vai apertar a minha mão?

– Não. Você sabe o que penso de você.

– Você está maluco, Nick – disse ele rapidamente. – Totalmente maluco. Não sei o que há de errado com você.

– Tom – perguntei –, o que você disse a Wilson naquela tarde?

Ele me encarou sem dizer uma palavra, e eu sabia que tinha adivinhado a verdade sobre aquelas horas perdidas de Wilson. Comecei a virar-me para ir embora, mas ele deu um passo em minha direção e agarrou meu braço.

– Contei a ele a verdade – disse. – Ele veio até nossa casa no momento em que estávamos nos preparando para viajar e, quando mandei dizer que não estávamos, ele tentou entrar à força. Estava louco o suficiente para me matar se eu não tivesse contado a ele quem era o dono do carro. Sua mão não soltou o revólver que estava em seu bolso por nenhum minuto enquanto ele esteve lá... – disse interrompendo a si mesmo desafiadoramente.

— E daí que eu contei tudo a ele? Aquele sujeito teve o que merecia. Ele jogou poeira em seus olhos, assim como fez em Daisy, mas ele era um cara perigoso. Atropelou Myrtle como se fosse um cachorro e nem mesmo parou o carro.

Não havia nada que eu pudesse dizer, exceto o fato inexprimível de que aquilo não era verdade.

— E se você acha que não tive minha cota de sofrimento... está enganado. Quando fui entregar aquele apartamento e vi a maldita caixa de biscoitos para cachorro em cima do aparador, sentei-me e chorei como um bebê. Meu Deus, foi horrível...

Não podia perdoá-lo ou gostar dele, mas percebi que o que ele tinha feito era, na opinião dele, inteiramente justificável. Tudo aconteceu de forma muito descuidada e confusa. Eles eram pessoas descuidadas, Tom e Daisy. Eles destruíam coisas e criaturas e, em seguida, refugiavam-se por trás de seu dinheiro ou de sua vasta leviandade, ou o que quer que os mantivesse juntos, enquanto deixavam outras pessoas limparem a bagunça que eles haviam feito...

Apertei a mão dele; parecia bobagem não fazê-lo, pois de repente me senti como se estivesse falando com uma criança. Em seguida, ele entrou na joalheria para comprar um colar de pérolas, ou talvez apenas um par de abotoaduras, livre da minha melancolia provinciana para sempre.

...

A casa de Gatsby ainda estava vazia quando eu saí. Seu gramado tinha crescido tanto quanto o meu. Um dos motoristas de táxi do vilarejo nunca passava pelo portão de entrada sem parar por um minuto e apontar para dentro; talvez tenha sido ele quem levou

Daisy e Gatsby para East Egg na noite do acidente, e talvez ele até tivesse inventado uma história sobre o acontecido. Eu não queria ouvir e o evitava quando descia do trem.

    Passava minhas noites de sábado em Nova York porque aquelas festas brilhantes e deslumbrantes estavam tão vívidas na minha memória que eu ainda podia ouvir a música, as gargalhadas, fracas e incessantes, de seu jardim, e os carros subindo e descendo até a entrada da mansão. Certa noite, ouvi um carro de verdade ali e vi suas luzes, quando parou na escada da frente. Mas não investiguei. Provavelmente era algum convidado derradeiro que esteve nos confins da terra e não sabia que a festa havia acabado.

    Na última noite, com o porta-malas pronto e o carro vendido para o dono da mercearia, fui até lá e olhei mais uma vez para aquele enorme e incoerente fracasso que pretendia ser uma casa. Nos degraus brancos, uma palavra obscena, rabiscada por algum menino com um pedaço de tijolo, destacava-se claramente ao luar, e eu a apaguei esfregando a sola do meu sapato na pedra. Depois, fui andando até a praia e deitei na areia.

    A maioria das grandes casas de praia estava fechada agora e quase não havia luzes, exceto o brilho sombrio e móvel de uma balsa que cruzava o Estreito. E, conforme a lua subia cada vez mais alto, as casas não essenciais começavam a desaparecer até que gradualmente tomei consciência da velha ilha que florescera em outros tempos aos olhos dos marinheiros holandeses, como se fosse um seio verde e fresco do Novo Mundo. Suas árvores derrubadas, as árvores que deram lugar à mansão de Gatsby, haviam sido o motivo de admirados sussurros que refletiam o último e maior de todos os sonhos humanos; por um momento transitório de encantamento, os homens devem ter prendido a respiração na presença deste continente, compelidos a uma contemplação estética que não compreendiam nem desejavam, face a face, pela última vez na história com algo compatível com sua capacidade de maravilhar-se.

E, enquanto estava sentado lá pensando no mundo antigo e desconhecido, pensei no deslumbramento de Gatsby quando ele soube pela primeira vez que a luz verde no final do cais era da casa de Daisy. Ele percorreu um longo caminho até chegar ao gramado azul, e seu sonho deve ter parecido tão próximo que ele não podia deixar de alcançá-lo. Ele não sabia que o sonho já havia ficado para trás, em algum lugar naquela vasta obscuridade além da cidade, onde os campos escuros da república se estendiam além da noite.

Gatsby acreditava na luz verde, no futuro orgiástico[21] que ano após ano se afasta de nós. E, depois, nos eludiu, mas isso não importa... amanhã correremos mais rápido, esticaremos ainda mais os braços... e uma bela manhã...

Assim, seguimos em frente, barcos contra a corrente, incessantemente levados de volta ao passado.

---

21 Orgiástico: referente às festas ritualísticas em homenagem a Dioniso (ou Baco).

Impressão e Acabamento
Gráfica Oceano